Pferde-Internat Rosenberg
Band 2

Dagmar Hoßfeld

Pferde-Internat Rosenberg

Ritt durch die Nacht

KOSMOS

Umschlaggestaltung: Atelier Reichert
Unter Verwendung eines Fotos von Agentur Sorrel, Ebersbach, sowie eines Fotos von Joachim Eicke, Barkelsby, mit freundlicher Genehmigung der Schleswig-Holsteinischen Gesellschaft für Einrichtungen der Jugendpflege e.V.

»Ritt durch die Nacht« ist der zweite Band der Reihe »Pferde-Internat Rosenberg«. Siehe auch S. 126
Weitere Bände folgen.

KOSMOS Postfach 106011
D-70049 Stuttgart
TELEFON +49 (0)711-2191-0
FAX +49 (0)711-2191-422
WEB www.kosmos.de
E-MAIL info@kosmos.de

Dieses Buch folgt den Regeln der neuen Rechtschreibung.

Bibliografische Information der Deutschen Bibliothek
Die Deutsche Bibliothek verzeichnet diese Publikation in der Deutschen Nationalbibliografie; detaillierte bibliografische Daten sind im Internet über http://dnb.ddb.de abrufbar.

ISBN 3-440-09535-5
Lektorat: Claudia Müller
Produktion: Ralf Paucke
Grundlayout: DOPPELPUNKT Auch & Grätzbach GbR, Leonberg
Printed in Czech Republic / Imprimé en République tchèque

Die vier Freundinnen

Bente Brandstätter: blond, blaue Augen; neugierig. Überzeugte Tierschützerin und Redakteurin der Schülerzeitung. Ihr Pferd: die Holsteinstute Flippi, Fuchs, viermal weiß gestiefelt.

Karolin »Karlchen« Karlsson: Dänin, brauner Wuschelkopf; fröhlich, frech und aufmüpfig. Ihr gehört der dicke Norweger Schnute (genauso frech wie seine Besitzerin).

Kiki van der Slooten: Belgierin, schwarze Haare; Musikgenie, verträumt. Spezialität: Springreiten. Ihr Pferd: Torphy, ein dunkelbrauner Wallach.

Rebecca Mangold: raspelkurze Haare; ruhig, vernünftig, intelligent. Stipendiatin auf Rosenberg. Ihre Lieblingsdisziplin: Dressur mit ihrer Rappstute Karfunkel.

1

»Setz dich tiefer in den Sattel, Kiki!«, rief Patrick quer über den Reitplatz. »Und nimm die Hände etwas höher. Isländer reitet man anders als andere Pferde. So bekommst du Snorri nie in den Tölt!«

Kikis Gesicht unter dem Reithelm war gerötet, auf ihrer Oberlippe glänzten kleine Schweißperlen. Sie warf ihrem Freund, der an der Umzäunung des Vierecks lehnte und lässig auf einem Strohhalm kaute, einen raschen Blick zu und versuchte, seinen Anweisungen zu folgen.

Kiki saß zum ersten Mal auf Snorri und überhaupt hatte sie vorher noch nie einen echten Isländer geritten. Aber Patrick hatte ihr so lange davon vorgeschwärmt, wie toll es wäre, zu tölten, dass Kiki es unbedingt einmal selbst probieren wollte. Und jetzt? Es war eine einzige Blamage! Man musste ganz spezielle Hilfen geben, um das Pferd in diesen für Isländer charakteristischen »vierten Gang« zu bekommen – und diese Hilfen beherrschte Kiki, im Gegensatz zu ihrem Freund, leider überhaupt nicht. Der Braunschecke trabte zwar brav vorwärts und bummelte recht zufrieden mit den Ohren, aber er schien überhaupt nicht daran zu denken, Kiki in irgendeiner Weise behilflich zu sein. Im Gegenteil: Fast hatte sie den Eindruck, der Wallach würde angestrengt überlegen, was die junge Reiterin auf seinem Rücken eigentlich von ihm wollte.

Patrick Falkenberg runzelte die Stirn und spuckte den Strohhalm aus. Mit einem geschickten Satz sprang er über die Umzäunung und ging auf die beiden zu. Snorri brummelte leise und blieb stehen. Kikis Gesicht wurde noch eine Spur röter.

»Ich stell mich wohl ziemlich dusslig an, was?«, fragte sie Patrick. In ihrer Stimme schwang leichte Verzweiflung mit. Patrick grinste. Er klopfte Snorris kräftigen Hals.

»Na ja, ganz so drastisch wollte ich das eigentlich nicht ausdrücken«, erwiderte er belustigt, »aber, ja, doch, wo du Recht hast, hast du Recht, Kiki.« Mit einem Sprung zur Seite wich er Kiki, die ihm mit der Reitgerte drohte, aus und rief: »Hey, Reitlehrer werden nicht geschlagen! Das ist oberstes Gesetz!«

Snorri schnaubte und scharrte mit einem Huf im Torf. Kiki strich ihm über den Hals. »Entschuldige, Snorri«, raunte sie dem Schecken zu. »Du kannst ja nichts dafür.« Sie wandte sich an Patrick und meinte: »Dann zeig's mir doch noch mal, du Superlehrer. Irgendwann werd ich's schon kapieren.« Sie nahm die Füße aus den Steigbügeln und ließ sich von Snorris Rücken gleiten. Mit einem zuckersüßen Lächeln reichte Kiki Patrick die Zügel. »Bitte schön, du Töltmeister. Ich bin sehr gespannt.«

Mit betont ernstem Gesicht setzte Patrick den linken Fuß in den Steigbügel, schwang das rechte Bein über Snorris runde Kruppe und ließ sich sanft in den Sattel gleiten. Er stellte die Steigbügelriemen ein paar Löcher länger und schnalzte leise mit der Zunge. Sofort setzte sich Snorri in Bewegung. Patrick ließ seinen Isländer ein paar Runden traben und versammelte ihn schließlich. Wie von allein fiel Snorri in den herrlichsten Viertakt. Er hob den Kopf und schleuderte die Hufe. Seine lange, seidige Doppelmähne und der prächtige Schweif wallten in sanften Bewegungen hin und her. Kiki blieb vor Staunen der Mund offen stehen.

»Mensch«, sagte sie, ehrlich beeindruckt. »Das schaff ich nie!« Sie nahm den Reithelm ab und fuhr sich mit beiden Händen durch die langen, schwarzen Haare, ohne dabei den Blick von Patrick und Snorri zu nehmen. Der dunkelblonde Junge und sein Isländerwallach bildeten eine perfekte Einheit.

»Ist ja cool.« Eine tiefe Stimme ließ Kiki herumfahren. Hinter ihr standen Rebecca und Daniel. Daniel grinste breit.

»Und?«, erkundigte er sich. »Wie ist es gelaufen?«

»Frag lieber nicht«, sagte Kiki seufzend. »Mir reicht's für heute.« Sie winkte Patrick zu und rief: »Ich geh duschen. Bis morgen, okay?«

Der junge Reiter parierte Snorri sanft durch und brachte ihn zum Stehen. Patrick war seit kurzem als auszubildender Pferdewirt auf Rosenberg angestellt und Kiki wusste, dass sein Stalldienst noch lange nicht zu Ende war. Erst wenn alle Pferde gefüttert und wohl versorgt im Stall oder auf der Koppel standen, hatte auch Patrick endlich Feierabend – und das konnte noch ewig dauern.

Patrick warf Kiki ein Küsschen zu und winkte zurück. »Ja, bis dann!«, rief er. »Du wirst sehen, Kiki, morgen klappt es bestimmt!« Er legte die Schenkel an und ließ Snorri am langen Zügel im Schritt auf dem Hufschlag gehen. Kiki wandte sich ihren Freunden zu. Sie sah, dass sich Daniel mit seinen Krücken abmühte und genervt das Gesicht verzog.

»Du Ärmster«, sagte Kiki mitfühlend. »Wie lange musst du denn noch mit diesen blöden Dingern rumlaufen?«

»Das wird wohl noch ein Weilchen dauern«, erwiderte Daniel, der es endlich geschafft hatte, sich zu sortieren. »Der Bruch heilt langsamer als die Ärzte dachten.«

Rebecca strich ihrem Freund über das kurz geschnittene Haar und lächelte.

»Ach komm, Daniel«, meinte sie, »so lange ist der Unfall schließlich auch noch nicht her. Du bist einfach viel zu ungeduldig.« Rebecca machte ein nachdenkliches Gesicht. Sie erinnerte sich noch gut an den Unfall, bei dem sich Daniel das Bein gebrochen hatte. Er war während eines Gewitters mit seinem Hengst Mystery im Gelände unterwegs gewesen und schwer gestürzt. Rebecca hatte wahnsinnige Angst um ihn gehabt. Daniels Ungeduld, die sich jeden Tag mehr bemerkbar machte, konnte sie nicht nachvollziehen. »Dir geht's doch nur darum, möglichst bald das Training wieder aufzunehmen«, sagte sie, eine Spur giftig, »damit du an der nächsten Military teilnehmen kannst. Vielleicht solltest du die Ärzte einfach bitten, dir eine Art Reit-Gips anzulegen, falls es so was gibt. Dann kannst du dir beim nächsten Mal gleich noch das Genick brechen.« Sie schnaubte und lief davon, ohne Kiki und Daniel noch eines Blickes zu würdigen.

»Junge, ist die geladen.« Kiki staunte. »Hattet ihr Zoff?« Sie fasste Daniel unter den Ellenbogen und half ihm, mit seinen Krücken über den unebenen Kiesweg zu gelangen.

»Och, nur das Übliche.« Daniel schüttelte den Kopf. »Rebecca ist wie immer der Meinung, ich würde nicht genug für die Schule tun. Du kennst das ja.« Er machte eine Pause und fuhr dann fort: »Außerdem brütet sie immer noch über den Meldeformularen für den Jugend-forscht-Wettbewerb. Ich glaube, sie weiß nicht, für welches Thema sie sich entscheiden soll, und die Anmeldefrist läuft nächste Woche ab.«

Kiki grinste. »Ja, ja, unsere kleine Nobelpreisträgerin. So ein Genie hat's ganz schön schwer.«

Auf halbem Weg kamen ihnen zwei Mädchen entgegen, die ihre Hände abwechselnd in eine riesige Chipstüte steckten, und sich dabei sehr angeregt unterhielten.

»Karolin, Bente, wohin des Weges?«, fragte Daniel belustigt, kurz bevor es zu einem Zusammenprall zwischen ihm und den beiden Freundinnen kommen konnte.

Bente zuckte zusammen: »Junge, habt ihr mich jetzt erschreckt!« Mit großen, blauen Augen musterte sie Daniel und Kiki, als wären diese soeben vom Himmel gefallen.

Karolin, genannt Karlchen, lachte und nahm sich noch eine Hand voll Chips. »Wir haben Snude besucht und machen noch einen kleinen Spaziergang, bevor es Essen gibt«, erklärte sie bereitwillig in ihrem lustigen dänischen Akzent. »Gerade eben ist übrigens Rebecca an uns vorbeigerauscht. Sie sah ziemlich stinkig aus. Hattet ihr etwa Stress?« Karlchen kräuselte die sommersprossige Nase.

Kiki und Daniel schüttelten gleichzeitig die Köpfe. »Nur das Übliche«, sagten sie wie aus einem Munde.

»Ach so.« Karlchen schien beruhigt. »Dann ist ja gut.«

Wenig später saßen alle gemeinsam an einem langen Tisch im Speisesaal des Schlosses und ließen sich das Abendessen schmecken. Rebecca hatte zu ihrer Normalform zurückgefunden und steckte ihre Nase wie gewöhnlich in ihr absolutes Lieblingsbuch, eine mathematische Formelsammlung, die sie – wie ihre Freundinnen insgeheim vermuteten – seit geraumer Zeit auswendig zu lernen versuchte.

Karlchen verdrückte gerade die zweite Portion Haferflocken, als ihr ein Junge aus der Oberstufe von hinten auf die Schulter klopfte.

»Hey, du Sportskanone«, sagte er, während sich Karlchen zu ihm umdrehte, »du bist doch so ein Fan von endlosen Ritten durch die Landschaft, oder? Dann wirf nachher mal einen Blick auf das schwarze Brett. Könnte sein, dass da etwas Interessantes für dich steht.« Er klopfte Karolin noch einmal auf den Rücken und verschwand im Gewusel der hungrigen Schüler vor der Essensausgabe.

Karlchen überlegte kurz, ob sie aufspringen und direkt zum schwarzen Brett laufen sollte, aber dann widmete sie sich doch lieber wieder ihren geliebten Haferflocken.

»Das war doch Steven, oder?«, fragte Bente aufgeregt. »Woher kennst du *den* denn?«

»Och«, murmelte Karlchen. »Wir reiten zusammen. Er hat auch ein Fjordpferd.«

»Und was wollte er von dir?« Bente dachte gar nicht daran nachzugeben. Steven war Amerikaner und schon fast sechzehn. Wenn so einer etwas von Karlchen wollte, dann musste Bente natürlich umfassend informiert sein!

Karlchen senkte ihre Nase in die Haferflockenschale und leckte sie gründlich sauber. Ehe sie sich versah, stand Frau Wuttig, die Küchenchefin, neben ihr und entriss ihr energisch die Schale.

»Nicht schon wieder, Karolin!«, blaffte die dicke Dame in der wild geblümten Schürze. »Mag ja sein, dass es in Dänemark üblich ist, das Geschirr abzulecken, hier auf Schloss Rosenberg jedenfalls nicht! Nicht, solange ich hier Küchenchefin bin!«, fügte sie hinzu. Mit spitzen Fingern nahm sie die Schale und rauschte kopfschüttelnd davon.

Bente hörte noch, wie Frau Wuttig sagte: »Wozu haben wir schließlich Spülmaschinen?«

Karlchen starrte verdattert ihren entschwindenden Haferflockenresten hinterher.

»Snude leckt seinen Futtertrog doch auch immer sauber«, murmelte die kleine Dänin. Eigentlich hieß ihr Pferd Schnute, aber wegen Kalrchens dänischem Akzent klang es eher wie »Snude«.

»Vielleicht solltest du ab morgen dann einfach im Pferdestall essen«, schlug Kiki vor. »Du frisst, äh, isst ja sowieso ausschließlich Haferflocken. Ein Pony mehr oder weniger fällt da überhaupt nicht auf.«

Karlchen tippte sich an die Stirn und stand auf. »Wenn mir hier schon das Essen weggenommen wird«, sagte sie mürrisch und erhob sich, »kann ich genauso gut mal zum schwarzen Brett gehen und gucken, was Steven gemeint hat. Kommt jemand mit?«

Bente schlang ihr Wurstbrot mit einem Bissen runter und schnappte sich noch eine Banane vom Obstteller.

»Klar, Karlchen, warte!«, rief sie und sprang auf. »Ich komme mit!«

Bente stand ziemlich ratlos vor der Anschlagtafel in der Eingangshalle. Sie blickte auf die wild wuchernde Zettelsammlung, die diverse Schüler dort angepinnt hatten.

»›Badmintonschläger zu verkaufen‹«, las Bente halblaut vor, »›Eins a Zustand, kaum gebraucht.‹ Nee, das kann's wohl nicht sein.« Sie hob ein paar Zettelchen hoch und las weiter: »›Suche den neusten *Harry Potter*.‹« Bente schüttelte die blonde Mähne.

»Da kannst du lange suchen, den hab ich ja selbst noch nicht«, brummte sie den Zettel an, als Karlchen neben ihr plötzlich laut aufschrie.

»Hier!«, quiekte die Dänin, die aufgeregt mit dem Zeigefinger auf eine Notiz deutete. »Hier steht's! Ist ja der Wahnsinn!«

Bente quetschte sich vor die Freundin, um besser sehen zu können und las vor: »›Wanderritt! Der diesjährige Wanderritt der Rosenberger Ponysparte findet vom 20.–23. Juni statt. Der Ritt führt uns in das Naturschutzgebiet Geltinger Birk, wo im letzten Jahr echte Konik-Pferde ausgewildert wurden, und wir besuchen das Trakehnergestüt Ravensholm an der Ostsee, wo wir auch übernachten werden. Interessenten melden sich bitte bis zum kommenden Donnerstag bei Merle Sander!‹« Bente starrte Karlchen an, die von einem Fuß auf den anderen sprang und vor Aufregung knallrote Wangen hatte. »Und da willst du mitreiten?«, erkundigte sie sich bei der Freundin. Karlchen nickte nur. »Mein lieber Schwan, wenn das mal gut geht«, murmelte Bente. »Du weißt ja, dass wir bis dahin noch ein paar schwere Arbeiten haben, und du weißt auch, dass du in Mathe und Englisch auf der Kippe stehst.« Wieder nickte Karlchen, wobei ihre blauen Augen fast Funken sprühten. Bente fuhr fort: »Ich glaube, dann solltest du dich noch ein bisschen auf den Hosenboden setzen und lernen, damit du die Arbeiten nicht wieder verhaust, mein liebes Karlchen.« Bente machte eine Pause und runzelte die Stirn. »Ich fürchte, sonst macht dir Frau Dr. Paulus einen dicken Strich durch die Rechnung«, schloss sie ihre Ansprache.

Karlchen hatte ihre Stimme wiedergefunden und meinte gut gelaunt: »Och, nun mal doch nicht gleich den Teufel an die Wand, du olle Nörgeltante. Die Pauli wird's mir schon erlauben. Außerdem, so schlecht, wie immer alle behaupten, bin ich nun auch wieder nicht«, sagte sie grinsend. »Und diesen Wanderritt –«, sie pochte mit dem Finger auf den Aushang, »den lass ich mir nicht nehmen, im Leben nicht! Snude und ich machen mit, darauf kannst du dich verlassen, Bente. Wer mir da in die Quere kommt, kann was erleben!« Karlchen drehte sich um, schrie noch einmal laut »Jipiieh!« und verschwand im Aufenthaltsraum der Unter- und Mittelstufe.

Bente starrte der Freundin nachdenklich hinterher. Sie kannte Karlchen und wusste, dass diese es ernst meinte. Wenn Karolin »Karlchen« Karlsson sich etwas in den Kopf gesetzt hatte, zog sie das durch, egal wie. Was das anging stand sie ihrem Norwegerwallach Schnute und dessen legendärem Dickschädel in nichts nach.

»Na, das kann ja heiter werden«, stöhnte Bente. Sie beeilte sich, der Freundin zu folgen, um diese auf den Pfad der Tugend und vor allem des Fleißes zurückzuführen. Denn sonst, das ahnte Bente, würde es nichts werden mit diesem tollen Ritt.

2

Das imposante Herrenhaus von Schloss Rosenberg lag im milden Sonnenlicht des frühen Vormittags. Die weiß gestrichene Fassade des Hauptgebäudes strahlte im Morgenlicht, in den hohen Fenstern des romantischen, von alten Rosenarten umrankten Gemäuers spiegelte sich der blitzblaue Himmel wider.

In den endlos langen Korridoren im Innern des Internats herrschte absolute Ruhe. Die Oberstufenjahrgänge – die »Kompostis«, wie sie liebevoll tituliert wurden – brüteten über ihren Abschlussarbeiten. Damit sie ungestört arbeiten konnten, fand der Unterricht für die unteren und mittleren Jahrgänge des Schloss-Internats – das so genannte »Grünzeug« – ausnahmsweise im Freien statt. Überall im Schlosspark saßen Schülergrüppchen beieinander und lauschten mehr oder weniger aufmerksam den Ausführungen der eifrig bemühten Lehrkräfte.

Die 7b hatte ein besonders schönes Plätzchen ergattert: Unter einem dichten Rosenspalier hockten die Schülerinnen und Schüler auf niedrigen Steinbänkchen, die Bücher auf den Knien, und hörten ihrem neuen Englischlehrer zu. Mr Saunders war erst vor kurzem aus England zu ihnen gekommen, denn Frau Dr. Paulus, die Internatsleiterin von Rosenberg, war der festen Überzeugung, dass man eine Fremdsprache am besten von einem Muttersprachler lernte.

Unterrichtssprache im Internat war Deutsch. Die Schülerinnen und Schüler, die aus vielen verschiedenen Ländern kamen, mussten diese Sprache zumindest in den Grundlagen beherrschen – und darüber hinaus über ein besonderes, förderungswürdiges Talent verfügen. Manche waren ausgezeichnete Sportler, andere dagegen waren wahre Naturwissenschafts-, Musik- oder Computergenies. Die internationale Internatsgesellschaft, der Schloss Rosenberg angehörte, achtete bei der Auswahl der Bewerberinnen und Bewerber darauf, dass die Aufnahmekriterien erfüllt wurden.

Dies bedeutete aber keineswegs, dass nur Kinder aus reichen Elternhäusern auf Rosenberg anzutreffen waren, ganz im Gegenteil: Die Internatsgesellschaft sammelte fleißig Spenden und Fördergelder und konnte auf diese Weise auch Kindern aus weniger wohlhabenden Familien Stipendien gewähren und ihnen so den Aufenthalt im Pferde-Internat ermöglichen.

Aufgrund der Internationalität der Schülerinnen und Schüler war es also kaum verwunderlich, dass es auch viele fremdsprachige Lehrerinnen und Lehrer im Internat gab – wobei es allerdings noch keiner von ihnen geschafft hatte, sich in kurzer Zeit so unbeliebt zu machen wie der arme Mr Saunders.

Rebecca war die Einzige, die die Aussprache des Neuen aufrichtig bewunderte. »Reinstes Oxford-Englisch, das hört man sofort!«, schwärmte sie. Alle anderen fanden die Aussprache »affig«, »ätzend« und den ganzen Typen »irgendwie total daneben«. Neville Saunders litt nämlich nicht nur unter ständigem Schnupfen, er war überdies auch noch gegen Pferde allergisch. »Und das auf einem Pferde-Internat«, hatte Karlchen geknurrt. »Das ist doch eine echte Fehlinvestition!«

Auch jetzt konnte man dem geplagten Mann ansehen, dass er den Unterricht in der freien Natur als reine Zumutung empfand. Immer wieder zog er ein Stofftaschentuch aus der Tasche und tupfte sich hektisch die Stirn, dann wieder rümpfte er die blasse Nase und prüfte, ob er niesen musste, und wenn eine Biene, die in den Rosen nach Nahrung suchte, seinen Kopf umschwirrte, riss er voller Entsetzen die Augenbrauen in die Höhe und wedelte panisch mit seinem Lehrbuch.

»Was für ein Trottel«, brummte Karolin missmutig. Sie saß im Schatten einer kleinen Mauer und kritzelte Comic-Pferdchen in ihr Heft. Immer wieder hob sie den Blick und schaute voller Sehnsucht hinüber zu den Ponyweiden, die direkt an den Park grenzten. Schnute, ihr geliebter kleiner Norweger, stand mit ruhend aufgesetztem Hinterhuf dicht am Gatter und döste mit hängendem Kopf in der Sonne. Ab und an wedelte er träge mit dem Schweif, um ein paar lästige Fliegen abzuwehren, oder er schüttelte den Kopf mit der dicken Stirnmähne, um gleich darauf herzhaft zu gähnen. Karolin wäre am liebsten einfach aufgesprungen und zu ihrem Pony gelaufen. Wie gerne würde sie jetzt ihre Arme um Schnute schlingen, die Nase in seinem warmen Fell vergraben und …

»Miss Karolin Karlsson«, schnitt eine scharfe Stimme mitten durch Karlchens Tagträume, »would you be so kind?«

»What?«, entfuhr es Karlchen. Ein langer Schatten fiel auf ihre gekonnten Zeichnungen, in denen man eindeutig Schnute erkennen konnte, aber das schien Mr Saunders nicht sonderlich zu interessieren. Karlchen sah hoch und blickte genau in Mr Saunders leicht gerötetes Gesicht. Er schien etwas von ihr zu erwarten, aber was denn nur? Karlchen versuchte es mit einem Grinsen. »Sorry«, sagte sie freundlich. »Ich war gerade woanders.«

»Das, liebe Miss Karlsson, habe ich wohl bemerkt«, erwiderte Neville Saunders gestelzt. »Also? Ich warte.«

Karlchen warf ihren Freundinnen einen Hilfe suchenden Blick zu. Bente formte die Lippen zu einem lautlosen Satz und deutete auf eine Stelle im aufgeschlagenen Englischbuch. Kiki verdrehte die Augen und Rebecca versuchte, Karolin von weitem etwas zuzuflüstern. Es war sinnlos, Karolin verstand nur Bahnhof. Sie hatte absolut keine Ahnung, was Mr Saunders von ihr wollte.

»Können Sie Ihre Frage noch einmal wiederholen, Mr Saunders?«, fasste sich Karlchen ein Herz. Sie lächelte und versuchte, ihre Zeichnungen unauffällig unter dem Englischbuch verschwinden zu lassen.

»Sorry, Karolin, nein, das kann ich nicht«, erwiderte der Englischlehrer gedehnt. »Wenn du wenigstens ein wenig zugehört hättest, wäre die Beantwortung meiner Frage ein Leichtes für dich. Aber du, Karolin«, Mr Saunders streckte eine Hand aus und deutete auf die halb verborgenen Pferde-Comics, »hast ja anscheinend andere, wichtigere Interessen.« Der Lehrer verzog das Gesicht, als hätte er schlimme Zahnschmerzen. »Reicht es denn noch nicht, dass du deine Freizeit mit diesen …, diesen Tieren verbringst?«, fragte er. »Musst du dieses abnormale Hobby denn auch noch in meinen Unterricht tragen? Ist ja widerlich.«

Mr Saunders schüttelte den Kopf und wandte sich um.

Karolin sprang auf. »Meinen Sie etwa Snude?«, fragte sie entrüstet. »Snude ist nicht widerlich! Kein Pferd ist widerlich! Das ist ja wohl das Letzte! Das lasse ich mir nicht bieten! Wer Snude beleidigt, oder irgendein anderes Pferd, bekommt es mit mir zu tun, Mister! Nehmen Sie das sofort zurück, oder …«

Karlchens Mitschüler waren sprachlos. Bente zischte ihr etwas zu und versuchte, sie am Ärmel ihres T-Shirts zurückzuhalten, aber Karlchen schüttelte die Freundin ab wie eine lästige Mücke. Sie stand Mr Saunders direkt gegenüber und starrte ihn wutentbrannt an.

»Oder was, Karolin?«, fragte Mr Saunders mit gefährlich leiser Stimme. »Willst du mir etwa drohen?«

Karlchen schluckte.

»Nein, natürlich nicht«, murmelte sie. Sie nahm ihr Englischbuch und ihr Mäppchen. »Ich gehe, wenn Sie nichts dagegen haben. Mir ist schlecht.« Ohne zu zögern drehte sie sich um und lief davon. Bente wollte aufspringen und der aufgebrachten Freundin hinterherlaufen, doch ein schneidender Blick von Mr Saunders ließ sie auf ihrem Platz regelrecht erstarren.

Neville Saunders betrachtete scheinbar gelangweilt den leer gewordenen Platz, als sein Blick auf Karolins Heft fiel, das diese in ihrem Zorn liegen gelassen hatte. Mit spitzen Fingern nahm der Lehrer das zerfledderte Heft in die Hand und schob es in seinen edlen Designerrucksack.

»Ich denke, das wird Frau Dr. Paulus interessieren«, sagte er leise und grinste zufrieden. »Es ist schon interessant, womit sich die Schüler dieses Internats während des Unterrichts beschäftigen. Karolin kann sich ihre, ähm, künstlerischen Aufzeichnungen bei Frau Dr. Paulus persönlich abholen.« Er wandte sich an die stumme Klasse, die ihn mit unverhohlener

Abneigung anstarrte. »Richtet eurer Mitschülerin das bitte aus!«

Wütend und mit Tränen in den Augen stapfte Karlchen über den gewundenen Kiesweg, der direkt auf das Schloss zuführte. Natürlich wäre sie lieber auf schnellstem Wege zur Ponyweide gerannt, um sich bei Schnute zu verkriechen und sich von ihm trösten zu lassen, aber das war leider nicht möglich. Karlchen wusste, dass Mr Saunders die Koppel direkt im Blick hatte, und sie zog es entschieden vor, sich dem Radius des Englischlehrers so weit wie nur möglich zu entziehen.

Mit drei Sätzen sprang sie die breite Eingangstreppe des Schlosses empor, schlich durch die menschenleere Halle und stieg die Steintreppe hinauf, die zu den Schülerzimmern führte. In einem der hinteren Zimmer verschwand Karlchen, wobei sie das Bedürfnis, die Tür heftig hinter sich zuzuschlagen, nur mühsam unterdrückte.

Karolin teilte das Zimmer mit ihrer besten Freundin Bente. Der Raum war gemütlich und freundlich eingerichtet, an den Wänden hingen Fotos von Schnute und von Flippi, Bentes junger Holsteiner-Fuchsstute. Im Moment hatte Karlchen allerdings keinen Blick für die schönen Bilder übrig. Stöhnend ließ sie sich auf ihr ungemachtes Bett fallen und vergrub das Gesicht in den Kissen.

»Mist«, fluchte sie, »verdammter Mist!«

»So eine Sauerei!«, schimpfte Bente während der großen Pause. »Was bildet sich dieser Lackaffe eigentlich ein? Arme Karolin!«

Rebecca und Kiki nickten grimmig. Sie alle hatten genug

von Mr Saunders. Den Rest der Englischstunde hatten sie nach Karolins Verschwinden so gut es ging boykottiert. So durfte Neville Saunders mit keinem von ihnen umspringen! Und Pferde zu beleidigen war sowieso das Allerletzte!

»Wir sollten sie suchen«, schlug Kiki vor. »Wenn Karlchen jetzt auch noch Bio schwänzt, bekommt sie noch mehr Ärger, als ihr ohnehin schon bevorsteht.«

»Bei Schnute hab ich eben geguckt«, sagte Rebecca mit besorgter Stimme. »Da ist sie nicht.«

»Ich sehe mal in unserem Zimmer nach.« Bente wandte sich um. »Irgendwo muss sie schließlich stecken.«

Als Bente durch die Eingangshalle lief, wurde sie von Sven aufgehalten. Sven war Vertrauensschüler der Mittelstufe. Natürlich hatte er von dem Vorfall in der 7b sofort Wind bekommen.

»He, Bente«, sagte er jetzt, »wenn du deine Freundin Karolin siehst, richte ihr bitte aus, dass sie sich bei Frau Dr. Paulus melden soll. Mr Saunders ist stinksauer. Er hat behauptet, Karolin hätte ihn bedroht.« Sven machte eine Pause und zog fragend die Augenbrauen hoch. »Stimmt das etwa?«

Bente blieb fast die Spucke weg.

»Bedroht?«, schimpfte sie. »Das darf ja wohl nicht wahr sein! Dieser miese Typ!« In Kurzfassung schilderte Bente Sven, was vorgefallen war. »Und jetzt behauptet dieser blöde Heini im Ernst, Karo hätte ihn bedroht? Das darf ja wohl echt nicht wahr sein«, schnaubte sie abschließend. »Na warte, der kann was erleben!«

Sven hielt Bente, die schon losstürmen wollte, am Arm fest. »Sag Karolin trotzdem, dass sie sich bei der Pauli melden soll, ja?«, bat er. »Und wenn's Probleme gibt, soll sie sich an mich wenden. Vielleicht kann ich vermitteln. Dafür bin ich als Vertrauensschüler schließlich da.« Sven war erst vor kurzem für diesen Posten gewählt worden und nahm seine Aufgabe sehr ernst.

Bente nickte ihm dankbar zu. »Danke, Sven, das ist echt nett von dir.« Sie sprang die Stufen hoch. »Wir sagen dir Bescheid, wenn wir Beistand brauchen, okay?«, rief sie über die Schulter zurück.

Als Bente das Zimmer betrat und leise »Karlchen?« sagte, zog diese sich ein Kissen über den Kopf und grunzte.

»Falls du gekommen bist, um mich zurückzuholen«, murmelte Karlchen unter dem Kopfkissen, »vergiss es. Ich gehe nicht zurück zu diesem Fatzke. Richte ihm das bitte aus.«

»Spinnst du?« Bente setzte sich auf Karlchens Bett und versuchte, das Kissen wegzuziehen. »Du kannst dich hier doch nicht ewig verkriechen. Wir haben in genau drei Minuten Bio, Mr Saunders ist total sauer auf dich und du sollst zur Pauli kommen. Bisschen viel auf einmal, was?« Bente brach ab. Das Kopfkissen bewegte sich. Karlchen schielte darunter hervor und fragte: »Ich soll zur Pauli kommen? Wieso das?«

Bente sah, dass die Freundin geweint hatte. Karolins sonst so blitzblaue Augen waren gerötet und verquollen. »Unser allseits beliebter Mr Saunders hat Stress gemacht und alles Frau Dr. Paulus gepetzt. Das hat Sven mir eben erzählt«, erklärte Bente. »Ich glaube, es ist besser, du bringst das gleich hinter dich, bevor's noch mehr Ärger gibt, Karolin.«

»Ja, was denn nun?« Karlchen hatte sich aufgesetzt und verzog das Gesicht. »Ich darf nicht zu spät zu Bio kommen und soll mich gleichzeitig bei der Pauli melden. Soll ich mich zerreißen oder was? Warum nerven mich eigentlich immer alle?

Ich will doch nur meine Ruhe, mehr nicht!« Sie ließ sich aufs Bett zurückfallen und zog sich diesmal die Decke über den Kopf. »Ich muss in Ruhe überlegen«, brummte sie. »So viel Stress kann ich überhaupt nicht gut ab.«

Bente stand auf. Sie schüttelte den Kopf und sagte: »Wie du willst, Karolin. Ich lauf jetzt los. Wenn ich wegen dir zu spät komme, kriege ich auch noch Ärger.« Sie zögerte kurz, dann drehte sie sich um und ließ die schmollende Freundin allein.

»Jaja«, grummelte Karolin unter der Decke. »Jetzt hab ich die ganze Schuld! Immer auf die Kleinen!« Sie schloss die Augen und dachte an Schnute und den Wanderritt. Sie sah sich auf ihrem Norweger durch eine blühende Landschaft reiten, die Sonne schien, die Blätter rauschten im Wind. Fünf Minuten später war sie eingeschlafen.

3

»Nun, Karolin, was sagst du zu diesen Vorwürfen?« Frau Dr. Paulus sah das vor ihr sitzende Mädchen aufmerksam an. Auf dem Schreibtisch der Internatsleiterin lag das aufgeschlagene Heft mit den Pferde-Comics. Bevor Karlchen auch nur ansatzweise etwas erwidern konnte, fuhr Frau Dr. Paulus fort: »Du hast unerlaubt den Englischunterricht verlassen, anschließend unentschuldigt Biologie geschwänzt und hältst es nun nicht einmal für nötig, mir zu erklären, warum du dich so verhalten hast?« Die Direktorin sog scharf die Luft ein.

Karolin schrumpfte auf ihrem Stuhl zusammen. Sie rutschte unruhig hin und her und suchte nach den richtigen Worten, aber die Pauli redete schon weiter.

»Wie mir Mr Saunders mitgeteilt hat, sind deine Leistungen in Englisch miserabel, Karolin.« Frau Dr. Paulus hatte sich abgewandt und schaute aus dem Fenster hinaus auf den Schlosspark. »Du verbringst den Unterricht damit, lustige Pferdebildchen zu zeichnen.« Sie drehte sich um und sah Karlchen direkt in die Augen. »Ich brauche dir nicht zu sagen, dass deine Noten in Mathematik und Physik ebenfalls mehr als dürftig sind.«

»Ja«, stöhnte Karolin auf. »Ich weiß das ja alles. Es tut mir auch Leid, es wird nicht wieder vorkommen. Soll ich mich bei Mr Saunders entschuldigen und wir vergessen die ganze Sache?« Erwartungsvoll lächelte sie Frau Dr. Paulus an.

»Damit ist es nicht getan, Karolin.« Die Direktorin erwiderte das Lächeln nicht. »Natürlich erwarte ich, dass du dich bei Mr Saunders entschuldigst, das ist selbstverständlich.« Sie machte eine Pause, betrachtete kurz die Pferde-Comics und fuhr dann fort: »Ich habe gehört, dass du an dem Wanderritt der Ponyabteilung teilnehmen möchtest. Nun, ich muss dir leider mitteilen, dass ich das nicht erlauben kann. Es ist ausgeschlossen, dass ich Schülern mit derart desolaten Leistungen auch noch Ausflüge gestatte. Du wirst das sicher verstehen, Karolin.«

»Was?«, entfuhr es Karlchen. »Sie wollen mir den Ritt verbieten?« In ihren Augen schimmerten Tränen der Entrüstung. »Das können Sie doch nicht machen! Bitte, Frau Dr. Paulus, ich mache alles, was Sie wollen, aber bitte, lassen Sie mich mitreiten! Bitte!« Karlchen war aufgesprungen. Ihre Hände ballten sich zu Fäusten.

»Karolin, deine Eltern haben mir die Verantwortung für dich übertragen«, erwiderte Frau Dr. Paulus ruhig. »Ich habe dafür Sorge zu tragen, dass du die in dich gesetzten Erwartungen erfüllst. Deine Eltern bezahlen sehr viel Geld dafür, dass ich aus dir einen verantwortungsbewussten und anständigen Menschen mache. Nein, tut mir Leid, unter diesen Umständen gibt es keine Vergünstigungen für dich.« Die Internatsleiterin setzte sich an ihren Schreibtisch und machte sich ein paar Notizen. »Ich werde Förderunterricht für dich organisieren, damit du das Klassenziel noch erreichst«, sagte sie. »Bitte mach dich darauf gefasst, in den nächsten Wochen hart arbeiten zu müssen, Karolin. Haben wir uns verstanden?«

»Nein, ähm, ja«, stammelte Karlchen. Mittlerweile rannen

ihr die Tränen die Wangen hinunter. »Ich meine, ich tu ja alles, was Sie verlangen, echt, Frau Dr. Paulus. Von mir aus können Sie mir jeden Tag drei Nachhilfestunden aufbrummen, meinetwegen auch vier oder fünf, ist mir egal – aber lassen Sie mich mitreiten, bitte. Es ist doch der einzige Wanderritt in diesem Jahr. Und ich hab mich so darauf gefreut«, setzte sie leise hinzu.

Frau Dr. Paulus schloss ihr Notizbuch und stand auf. »Ich denke, wir haben uns verstanden, Karolin«, sagte sie unnachgiebig. »Es wird in diesem Jahr keinen Wanderritt für dich geben, ist das klar?« Karlchen senkte den Kopf und nickte kaum merklich. »Fein«, sagte die Direktorin, »dann gehst du jetzt bitte zu Mr Saunders und entschuldigst dich, ja? Ich gebe dir dann in den nächsten Tagen den Plan für den Förderunterricht.«

Karlchen stand auf und ging mit zögernden Schritten zur Tür. Als sie sich noch einmal umdrehte, sagte Frau Dr. Paulus: »Es tut mir Leid, Karolin, aber unter diesen Umständen habe ich keine andere Wahl. Ich hoffe, du hast dafür Verständnis.«

»Ist schon gut«, murmelte Karlchen. »Alles klar. Ich hab's kapiert.« Ohne ein weiteres Abschiedswort verließ sie das Zimmer und zog leise die Tür hinter sich zu.

Natürlich ging Karlchen nicht zu Mr Saunders, um sich bei ihm für ihr Verhalten zu entschuldigen. Sie war viel zu aufgewühlt, um auch nur einen einzigen Gedanken an ihren Englischlehrer zu verschwenden. Nein, Karlchen lief so schnell sie konnte zur Ponykoppel, wo Schnute sehnsüchtig auf sie wartete.

Weinend stolperte Karlchen durch das hohe Gras, kletterte über den Koppelzaun und war nach wenigen Schritten bei ihrem Pony. Mit einem heftigen Schluchzen schlang sie beide Arme um Schnutes Hals und vergrub ihr Gesicht in seinem weichen Fell. Schnute wieherte dunkel und stupste sein Frauchen freundlich an. Mit samtweichen Lippen suchte er Karlchen nach dem sonst üblichen Leckerbissen ab. Als er nichts fand, zwickte er sie leicht in den Arm.

»Ach, Snude«, seufzte Karlchen. Sie wischte sich die Tränen vom Gesicht und schniefte. »Wenn du wüsstest …« Wider Willen musste sie lächeln. Wenn sie bei Schnute war, war irgendwie alles in Ordnung. Ihr gutmütiger Fjordwallach ließ sie den größten Kummer fast auf der Stelle vergessen. Aber nur fast. Als Karlchen an das Gespräch mit der Direktorin dachte, kullerten ihr gleich wieder ein paar Tränen über die Wange. Sie zog die Nase hoch und kraulte ihr Pony unter der wolligen Stirnmähne.

»Sie wollen uns den Wanderritt verbieten«, stieß Karlchen heftig hervor. »Stell dir vor, Snude, den Wanderritt, auf den wir uns so gefreut haben! Einfach verbieten!«

Der Norwegerwallach zog die Nase kraus und nieste. Aus dunklen Augen musterte er Karolin frech.

»Ja, du hast gut niesen«, sagte Karlchen und lächelte traurig. Gedankenverloren streichelte sie Schnutes falbfarbenes Fell und verscheuchte eine Bremse von seiner Flanke. Plötzlich ging ein Ruck durch Karlchen. Sie straffte die Schultern und drückte dem verdutzten Schnute einen Kuss auf die Stirn.

»Aber nicht mit uns«, sagte sie wild entschlossen. »Nee, mein Snude, nicht mit uns! Wir werden das schon packen.

Und wenn wir abhauen müssen! Wir machen unseren Ritt, das verspreche ich dir!«

»Der Drops ist gelutscht«, grummelte Bente am späten Abend mit düsterer Miene. »Was die Pauli anordnet, ist Gesetz. Wenn die sagt, die Erde ist eine Scheibe, dann ist die Erde eine Scheibe. Darauf könnt ihr euch verlassen.«

»Na, ganz so krass ist es wohl nicht«, entgegnete Rebecca spitz. Sie angelte ein Gummibärchen aus einer großen Tüte und kaute nachdenklich darauf herum.

Die Mädchen hatten sich in Kikis und Rebeccas Zimmer getroffen, das direkt an das von Bente und Karlchen grenzte, und beratschlagten über Karlchens Misere.

»Ich finde das total fies«, erwiderte Bente missmutig. »Wir wissen schließlich alle, wie viel Karo dieser Ritt bedeutet. Dass die Pauli ihr den verboten hat, ist so ziemlich das Schlimmste, was ihr einfallen konnte.«

Die Freundinnen nickten zustimmend. Nur Karlchen reagierte nicht. Die sonst so fröhliche und unbeschwerte Karolin war schweigsam und bedrückt. Sie nahm keine Gummibärchen, obwohl Bente ihr die Tüte mehr als einmal vor die Nase gehalten hatte, und beteiligte sich auch nicht an der heftigen Diskussion. Es schien fast, als ginge sie die ganze Sache nichts an.

»Hey«, sagte Kiki zu Karlchen, »kannst du vielleicht auch mal was sagen? Wir zerbrechen uns hier schließlich *deinen* Kopf und nicht unseren. Was hältst du zum Beispiel davon, dich bei Mr Saunders zu entschuldigen?«

»Jaja, mach ich morgen«, antwortete Karlchen genervt. Sie seufzte. »Ich wünschte, ihr würdet mich einfach in Ruhe lassen. Ich hab euch nämlich nicht darum gebeten, euch *meinen* Kopf zu zerbrechen. Ich pack das schon, macht euch keine Sorgen.«

»Wir machen uns aber Sorgen«, gab Kiki zurück. »Guck dich doch mal an! Wie eine trübe Tasse hockst du hier, anstatt etwas zu unternehmen und die ganze Sache vielleicht noch rumzureißen! Mensch, Karlchen!«

Bente zögerte. Sie hatte furchtbares Mitleid mit Karolin, aber insgeheim musste sie Kiki Recht geben. »Guck mal, Karlchen«, begann sie vorsichtig, »wenn du dich bei Mr Saunders entschuldigst und dich in den nächsten Tagen auf deinen Hintern setzt und lernst, überlegt die Pauli es sich vielleicht noch mal. Du musst aber was dafür tun, das ist klar.«

»Stimmt«, schloss sich Rebecca an. »Von alleine wird das nichts werden.« Sie stupste Karlchen in die Seite. »Aber wozu hat man schließlich Freundinnen? Wir helfen dir, ist doch logisch. Gemeinsam kriegen wir das schon hin, was meint ihr?« Sie guckte Kiki und Bente an. Die nickten. »Gut, das wäre geregelt«, sagte Rebecca zufrieden. »Gleich morgen setzt es Nachhilfe, dass dir der Kopf brummen wird. Wir werden so lange mit dir pauken, bis es dir zu den Ohren wieder rauskommt ...«

»... und dann stopfen wir es einfach wieder rein«, beendete Bente den angefangenen Satz und grinste.

»Die Pauli hat mir schon Förderunterricht angedroht«, murmelte Karlchen kleinlaut. »Sie will alles für mich organisieren. Aber natürlich wäre es mir lieber, wenn ihr das übernehmen könntet.« Sie lächelte verlegen. »Ihr kennt mich am besten und wisst, wie ihr mich behandeln müsst.«

»Stimmt.« Bente nickte heftig. »Wir sollten gleich morgen

früh zu Frau Dr. Paulus gehen und ihr sagen, dass wir gerne bereit sind, Karlchen zu helfen.«

»Ja, das machen wir!« Rebecca und Kiki waren sich einig.

»Okay«, nuschelte Karolin, »wenn ihr meint, dass es was bringt.« Sie erhob sich von dem Flokati, auf dem die Freundinnen saßen und ging zur Tür. »Ich geh jetzt ins Bett. Ich bin hundemüde. Nacht.«

»Gute Nacht, Karlchen«, rief Bente der Freundin hinterher. »Ich komm auch gleich rüber.«

Karolin grunzte noch etwas Unverständliches und schlug die Tür hinter sich zu. Kurz darauf hörten die zurückgebliebenen Freundinnen, wie auch die zweite Zimmertür laut ins Schloss fiel.

»Wenn das mal gut geht«, sagte Bente. »Ich mache mir echt Sorgen um Karlchen. So kenne ich sie überhaupt nicht.«

»Nee, ich auch nicht«, erwiderte Rebecca. »Aber vielleicht schaffen wir es tatsächlich, ihr zu helfen. Versuchen müssen wir es zumindest.«

»Natürlich, aber dann lasst uns gleich mal einen Plan aufstellen, wie wir die Nachhilfe organisieren wollen, Mädels.« Kiki schnappte sich einen Notizblock vom Schreibtisch und zückte einen Kugelschreiber. »So viel ich weiß, ist Karlchen in mindestens zwei bis vier Fächern mehr als mies. Das ist eine echte Herausforderung für uns und bedeutet sehr viel Arbeit. Also – wer will welches Fach übernehmen? Freiwillige vor! Ich höre.«

4

In den nächsten Tagen schlich Karlchen wie ein Schatten durchs Internat. Halbherzig hatte sie sich vor versammelter Klasse bei Mr Saunders entschuldigt und der hatte die Entschuldigung mit einem – wie Karolin und ihre Freundinnen fanden – extrem miesen Grinsen angenommen.

»Eigentlich müsste er sich bei ihr entschuldigen und nicht umgekehrt«, hatte Bente geflüstert. »So ein Heini!«

Im Unterricht versuchte Karlchen aufmerksam zu sein, aber sie beteiligte sich kaum. Und bei den Mahlzeiten fiel es auch dem Letzten auf, wie sehr sie litt. Appetit- und lustlos stocherte Karlchen in ihrem Essen herum, nahm kaum einen Happen zu sich und verließ den Speisesaal, bevor das von ihr so heiß geliebte Puddingbuffet aufgetragen wurde.

Beim nachmittäglichen Reitunterricht versuchte Karolin sich zusammenzureißen. Schnute konnte schließlich nichts dafür, dass es ihr so mies ging. Außerdem war der Unterricht der Ponyabteilung die einzige Möglichkeit, dem Schulstress und den Nachhilfestunden wenigstens ein Mal am Tag zu entkommen. Schnute sollte nicht spüren, wie es um sie stand. Aber irgendwie färbte Karlchens Depression auf ihr Pferd ab: Mit hängenden Ohren und lustlos wedelndem Schweif schlurfte Schnute unter seiner Reiterin über den Hufschlag. Es war ein Bild des Jammers.

Alle machten sich Sorgen um Karlchen, fanden die Bestrafung ungerecht und überlegten, wie sie den Spieß umdrehen und ihr doch noch zu ihrem Wanderritt verhelfen konnten. Keiner ahnte, dass es in Karlchens Gehirn die ganze Zeit über fieberhaft arbeitete.

Sie hatte einen Plan, und zwar einen sehr riskanten. Karolin wollte Schnute von der Koppel entführen und einfach losreiten. Natürlich dachte sie auch an die Konsequenzen. Vermutlich würde sie vom Internat fliegen. Na und? Schlimmer als jetzt konnte es sowieso nicht werden. Nein, für Karlchen stand fest, dass sie handeln musste. Sie hielt es nicht aus, eingesperrt zu sein und den ganzen Tag Vorschriften unter die Nase gehalten zu bekommen. Karo war kurz vorm Ausrasten.

»Heute Nacht, mein Dicker«, raunte sie Schnute ins gespitzte Ohr, »hole ich dich. Drück mir die Hufe, dass alles klappt.«

Sie sah keine große Gefahr darin, ihren Norweger nachts von der Weide zu holen. Wenn er im Stall stehen würde, müsste sie einbrechen. Die Ställe von Rosenberg wurden nachts abgeschlossen. Nur Stallmeister Maximilian Much, Patrick und Frau Dr. Paulus hatten Zugang. Aber im Dunkeln auf die Ponyweide zu schleichen, stellte kein Problem dar. Nur was sollte sie mit Schnutes Sattel und dem Zaumzeug machen? Das wurde in der Geschirrkammer verwahrt und die befand sich im Stall und der wiederum war nach Stallmeister Muchs letztem Rundgang gesichert wie die Deutsche Bank.

Es musste doch möglich sein, Schnutes Sattelzeug unauffällig woanders unterzubringen, damit sie jederzeit herankam.

Karlchen dachte angestrengt nach. Plötzlich fiel ihr Blick auf die spröden Zügel und das leicht brüchige Leder. Sie hatte schon lange vorgehabt, Schnutes Zaumzeug einzufetten und den alten Trachtensattel gründlich abzuseifen. Das war die Idee!

Lächelnd schlenderte sie über die Koppel und ging zu Merle Sander, der jungen Pferdewirtin, die auf Rosenberg die Ponyabteilung betreute. Schnutes Zaumzeug und den Sattel nahm Karlchen als Beweisstücke gleich mit.

»Du, Merle«, sagte sie, »hast du was dagegen, wenn ich Snudes Lederzeug heute ausnahmsweise im Unterstand lasse? Ich vergesse andauernd, es einzufetten. Wenn ich es gleich morgen direkt vor der Nase habe, denke ich bestimmt dran.«

Merle Sander warf einen Blick auf das trockene Leder und grinste. »Das wird aber wirklich Zeit, Karolin«, erwiderte sie gutmütig. »Klar, wenn du meinst, dass es deinem Gedächtnis auf die Sprünge hilft, lass es ruhig hier. Mir passiert das auch manchmal, dass Kopfzeuge und Longen in der hintersten Ecke der Geschirrkammer vor sich hinstauben und vertrocknen. Gute Idee, es an einem Ort zu platzieren, wo es einem gleich ins Auge springt und um Lederfett und Sattelseife bettelt.«

Karlchen erwiderte Merles Grinsen und bedankte sich. Als sie Zaumzeug und Sattel unter dem Schrägdach des Ponyunterstands verstaute, hatte sie fast ein schlechtes Gewissen, Merle angelogen zu haben. Aber sie schob den Gedanken beiseite. Sie konnte sich keine Sentimentalitäten leisten. Sie hatte erreicht, was sie wollte: Schnutes Ausrüstung lag griffbereit und unbewacht parat.

Das nächste Problem war der Proviant. Karlchen musste etwas zum Essen und Trinken mitnehmen. Schließlich wollte sie mindestens zwei Tage unterwegs sein, bevor sie entspannt und ausgeruht zurückkehren und das Donnerwetter über sich ergehen lassen würde, das dann aber wahrscheinlich wie ein lauer Sommerregen auf sie herunterplätschern würde.

Karlchen hatte sich nämlich vorgenommen, sich auf ihrem ganz persönlichen Wanderritt herrlich zu erholen. Aber viel mitnehmen konnte sie nicht, ein paar Müsliriegel vielleicht und ein paar Tüten Orangensaft. Egal. Was fehlte, konnte sie unterwegs kaufen. Ihr Sparschwein war gut gefüttert. Dann war da noch die Sache mit den Klamotten und dem Schlafsack. Karolin beschloss, auf frische Kleidung zu verzichten. Zwei Tage konnte sie ihr Reitzeug anhaben, ohne dass sie Schmeißfliegen anlocken würde, und dann hätte wenigstens der leichte Schlafsack Platz in ihrem Rucksack. Futter für Schnute brauchte sie zum Glück nicht mitzunehmen. Es war Sommer, die Wiesen und Felder waren saftig und grün. Der Norweger konnte sich überall satt fressen.

»Okay«, dachte Karolin, »dann fehlt nur noch der Brief.«

Sie verabschiedete sich von Schnute und ging in ihr Zimmer. Bente war noch nicht zurück. Sie nahm mit ihrer Stute Flippi an einem Springkurs teil. Auch Kiki und ihr Wallach Torphy machten mit. Vor einer Stunde würden die beiden sicher nicht auftauchen. Und Rebecca hatte Geigenunterricht im Musiksaal des Schlosses. Zeit genug für Karolin, um in Ruhe die letzten Vorbereitungen zu treffen.

Sie setzte sich an den Schreibtisch und verfasste einen Brief, von dem sie meinte, dass er alle von der Notwendigkeit ihres Alleingangs überzeugen würde.

»Liebe Leute«, schrieb Karolin, »ich bin mit Schnute unterwegs. Macht euch keine Sorgen um uns, wir passen auf uns auf. In zwei Tagen sind wir zurück. Die verpassten Stunden hole ich nach. (Falls ich dann noch Schülerin auf Rosenberg bin, was ich bezweifle.) Bitte schickt keinen Suchtrupp und schon gar keine Polizei hinter uns her. Ihr findet uns sowieso nicht. (Außerdem wollen wir uns nur ein bisschen erholen und brauchen daher dringend Ruhe!) Bis bald, Karlchen und Schnute. PS: Schöne Grüße an Mr Saunders. Er kann sich seine englische Grammatik in die Haare schmieren!«

Grinsend las sich Karo ihr Werk noch einmal durch. Mr Saunders hatte zwar keine schmierigen Haare – im Gegenteil: Es machte den Eindruck, als würde er sie jeden Tag mit besonderer Hingabe frisieren und fönen. Aber trotzdem, das saß!

Sie faltete den Brief zusammen und schob ihn unter ihre Nachttischlampe. Später würde sie ihn so auf ihrem Bett drapieren, dass Bente ihn am nächsten Morgen sofort sehen konnte. Das würde eine schöne Aufregung geben!

»Gut«, dachte Karlchen, »dass Snude und ich dann schon über alle Berge sind.«

Zufrieden mit sich und ihren, wie sie meinte, genialen Plänen, machte sich Karolin daran, das Allernotwendigste in den Rucksack zu packen. Eine Zahnbürste und Zahnpasta nahm sie mit, natürlich ihren Brustbeutel mit dem gesparten Geld, dann noch ein paar Müsli- und Schokoriegel – es hieß schließlich, dass die Energie liefern sollten! – und zwei Tüten Orangensaft. Obendrauf knautschte Karolin ihren Schlafsack, dann zog sie schnaufend die Schnallen zu. Mehr passte nicht hinein.

»Aber mehr brauche ich auch nicht«, sagte Karlchen zu sich selbst. »Hauptsache, Snude ist bei mir!«

Sie stopfte den Rucksack unter ihr Bett und stellte schließlich noch ihren kleinen Wecker auf Mitternacht. Karo machte sich keine Sorgen, dass sie Bente wecken könnte. Erstens piepte der Wecker nur ganz leise, zweitens würde sie ihn unters Kopfkissen legen und drittens schlief Bente im Allgemeinen so tief und fest, dass neben ihr eine Bombe hochgehen könnte, ohne dass sie davon aufwachen würde.

»Das Handy!« Karolin riss die Nachttischschublade auf und holte ihr Handy hervor. Der Akku war leer. Schnell stöpselte Karlchen das Gerät ans Netzteil. Bis Mitternacht würde es wieder aufgeladen sein. Das Handy könnte im Notfall sehr hilfreich sein.

»Vielleicht werde ich Mr Saunders von unterwegs eine nette, kleine SMS schicken.« Sie kicherte. »Der platzt vor Wut!«

Sie sah sich noch einmal im Zimmer um, stellte fest, dass sie an alles gedacht hatte, und ging dann hinunter in den Speisesaal. Es war schon fast Zeit fürs Abendessen. Zum ersten Mal seit Tagen spürte Karlchen wieder so etwas wie Appetit.

5

Es war eine sternenklare Vollmondnacht. Karlchen fand sich im Halbdunkel des Zimmers gut zurecht. Sie stellte den Wecker nach dem ersten *piep-piep* ab und lauschte kurz auf das gleichmäßige Atmen der Freundin im Nachbarbett. Bente grunzte im Tiefschlaf und murmelte etwas Unverständliches. Vorsichtig schlüpfte Karlchen in ihre bequeme Reithose und in die flachen Jodphur-Stiefeletten, dann zog sie sich ein T-Shirt über den Kopf und darüber ein langärmeliges Kapuzensweatshirt. Sie zog das Handy vom Netzteil ab, angelte ihren Rucksack unter dem Bett hervor und atmete tief durch. Das Handy passte gerade noch in die Seitentasche des Rucksacks. Der Brief! Sie nahm den zusammengefalteten Brief von ihrem Nachttisch und legte ihn gut sichtbar auf ihr Kopfkissen. Wenn Bente morgen früh aufwachte, müsste sie ihn direkt im Blickfeld haben.

»Gut«, flüsterte Karlchen, »dann mal los!«

Leise öffnete sie die Zimmertür und schlüpfte hinaus. Auf dem Flur blieb sie stehen und horchte. Es herrschte absolute Ruhe im Schloss, nur die alten Holzdielen knarrten und ächzten leise vor sich hin. Auf Zehenspitzen schlich sie die breite Treppe hinunter. In der Eingangshalle brannte nur ein schwaches Nachtlicht. Es tauchte die riesige Halle in ein unwirkliches Licht. Die düsteren Porträts der ehemaligen Schlossbewohner schienen sie vorwurfsvoll anzustarren.

Karolin hörte ihr eigenes Herz pochen. Wie ein Einbrecher

hastete sie durch die Halle zur Eingangstür. Sie griff nach der Klinke und drückte sie herunter.

»Mist, verfluchter!«, zischte sie. Die Tür war abgeschlossen! Dass sie daran nicht gedacht hatte! Natürlich war die breite Eingangstür über Nacht verschlossen, das wusste doch jeder. Karlchen hatte diese Tatsache in ihren Plänen schlicht und einfach vergessen. Hilfe suchend sah sie sich um. Die Fenster in der Halle waren bleiverglast und ließen sich nicht öffnen.

»Die Küche!« Karolins Miene erhellte sich. Der vorgeschriebene Fluchtweg bei Feuer und anderen Katastrophen führte durch die Schlossküche. Mindestens zweimal im Jahr mussten die Internatsschüler eine Katastrophenschutzübung über sich ergehen lassen. Den Fluchtweg kannten alle im Halbschlaf. Und Karlchen war jetzt hellwach. Sie durchquerte die Halle, schlich durch den gespenstisch dunklen Speisesaal und öffnete die Schiebetür zur Küche. Töpfe, Pfannen und andere Kochutensilien hingen säuberlich aufgereiht über dem Herd. Karlchen konnte nicht widerstehen: Sie öffnete den großen Kühlschrank. Vom Abendessen waren ein paar leckere Sandwichs übrig geblieben. Sie schnappte sich zwei davon und verstaute sie kurzerhand rücklings in der Kapuze ihres Sweatshirts, damit sie die Hände weiterhin frei hatte. Dann schlich sie weiter zur Hintertür, über der gut sichtbar das grüne Leuchtschild prangte, welches den Notausgang markierte. Als sie die Klinke herunterdrückte, grinste Karlchen. Die Tür ließ sich nach außen öffnen. Mit einem leisen Kichern glitt Karlchen hindurch und stand im Freien.

»Puh«, machte sie. Ihr Herzschlag normalisierte sich. Plötzlich war sie ganz ruhig. Sie fand das Ganze total spannend.

»Vielleicht sollte ich zum Film gehen, wenn ich von der Schule fliege«, überlegte sie sich. »Das wär doch was!«

Mit den Sandwichs in der Kapuze und dem Rucksack auf dem Rücken stapfte Karlchen durch den Schlosspark. Irgendwo in der Ferne bellte ein Hund. Sie hörte ein Käuzchen rufen und über ihrem Kopf schwirrten lautlos ein paar Fledermäuse durch die Nacht, die auf dem alten Dachboden des Schlosses ihr Zuhause hatten. Nach wenigen Schritten erreichte Karlchen die Stallgebäude. Auch hier war alles ruhig. Von Patrick wusste sie, dass Max Much, der Oberstallmeister, jeden Abend pünktlich um genau dreiundzwanzig Uhr seinen letzten Rundgang machte, die Stalltüren abschloss, um anschließend in seiner kleinen Wohnung im Torhaus fast augenblicklich in den wohlverdienten Tiefschlaf zu fallen. Die anderen Angestellten des Rosenbergstalls – Patrick Falckenberg, Merle Sander, der Reitlehrer Hartwig von Hohensee und zwei Pferdepfleger – hatten ihre Wohnungen im Westflügel des Schlosses, in dem auch die Appartements der Lehrer untergebracht waren – weit genug entfernt von den Ställen und Koppeln.

Im fahlen Schein des Mondes konnte Karlchen die Schemen der Ponys auf der Koppel erkennen. Eins hob den Kopf und wieherte warnend.

»Pscht«, machte Karlchen, »ganz ruhig. Ich bin's nur.«

Sie kletterte über den Holzzaun und blieb einen Moment im Gras hocken, damit sie die ruhenden Ponys nicht erschreckte. Eine Panik in der Herde durfte sie auf keinen Fall riskieren.

»Snude!«, lockte Karlchen leise. Immer wenn sie angespannt war, verfiel sie in ihre dänische Muttersprache – so auch jetzt. Aber da Schnute ja ein waschechtes, in Dänemark geborenes und aufgezogenes norwegisches Fjordpferd war, unterhielten sie sich meist auch auf Dänisch.

Schon kam ein Schatten auf sie zu und brummelte unverkennbar. Es war Schnute, der sich neugierig näherte und sich den Stirnschopf kraulen ließ.

»Ach, Snude«, murmelte Karlchen, überwältigt von ihren Gefühlen für das geliebte kleine Pferd. »Wir machen einen schönen Spazierritt, mein Dicker«, erklärte sie dem Wallach. »Was hältst du davon? Nur wir beide im Mondschein.«

Mittlerweile waren auch die anderen Ponys auf das Mädchen aufmerksam geworden. Sie wollten wissen, was da mitten in der Nacht so Aufregendes geschah und drängten sich freudig um Karlchen und Schnute, um sie zu beschnuppern und zu beknabbern.

»Nee, ihr müsst leider hier bleiben«, flüsterte Karlchen bedauernd. »Wenn ihr alle mitkommen würdet, hätten sie uns im Handumdrehen!«

Sie erhob sich und ging zum Unterstand, um das Sattelzeug zu holen. Mit langen Schritten folgte ihr die kleine Ponyherde, allen voran der falbfarbene Schnute, der sein Frauchen nicht eine Sekunde aus den Augen ließ.

Bereitwillig ließ Schnute sich aufzäumen und satteln. Karlchen hatte das schon so oft gemacht, dass sie jeden einzelnen Handgriff blind beherrschte. Sie vergaß nicht, zum Abschluss noch gewissenhaft die Hufe auszuräumen. Den Hufkratzer, der normalerweise an einem Haken unter dem Unterstand hing, steckte sie in die Hosentasche.

Dann führte sie ihr Pony zum Gatter. Mit einer Hand öffnete sie es, mit der anderen versuchte sie, die nachdrängenden Ponys zurückzuhalten, die ihrem Weidegenossen folgen wollten. Als Schnute schließlich auf der anderen Seite des Zauns stand, wischte sich Karlchen den Schweiß von der Stirn. Sorgsam verriegelte sie das Tor und winkte den zurückbleibenden Ponys zu.

»Bis dann, ihr Süßen«, sagte sie grinsend und fasste Schnutes Zügel dicht unter dessen Kinn. »Ich bringe euch euren Kumpel so in ein oder zwei Tagen zurück.«

Solange sie in Sicht- und Hörweite des Schlosses waren, führte Karlchen Schnute zur Sicherheit am Zügel. Erst wenn sie die etwas entfernte Landstraße erreichen würden, konnte sie es wagen, aufzusitzen und loszureiten.

Schnute war beschlagen. Seine Hufe klapperten dumpf auf dem alten Kopfsteinpflaster des Schlosses. Karlchen erschrak. Schnell führte sie ihr Pony auf einen schmalen Grasstreifen, der den lauten Hufschlag etwas dämpfte. Immer wieder blickte sie sich um. Aber im Schloss war alles ruhig. Die hohen Fenster blieben dunkel. Schnute und sie schienen die einzigen wachen Lebewesen auf der Welt zu sein – abgesehen von den Nachttieren, die es gewohnt waren, sich so spät noch herumzutreiben.

Nach einem – wie es Karlchen vorkam – endlos langen Fußmarsch blieb sie stehen. Das Schloss lag jetzt hinter einem dichten Laubwald verborgen. Vor ihr war nur noch die Landstraße, die zu dieser Nachtzeit so gut wie nicht befahren war. Sie gurtete noch einmal nach, ließ die Steigbügel herunter und schwang sich behände in den Sattel. Schnute stand wie eine Eins und wartete auf die weiteren Kommandos. Als Karlchen leise »Heja, Snude, hopp« sagte, setzte sich der Norweger brav in Bewegung. Karlchen ließ ihn noch ein Weilchen am langen Zügel gehen, dann nahm sie die Zügel kürzer und legte die Schenkel an. Sofort trabte Schnute an und fiel schließlich in einen leichten Galopp.

Es war unwirklich, so durch die Nacht zu reiten. Es war unbeschreiblich, außergewöhnlich. Es war das Tollste, was Karlchen je erlebt hatte. Fast hätte sie laut gejubelt.

Plötzlich merkte sie, dass sie weinte. Sie ließ die Tränen einfach laufen, strich ihrem Pony über den Mähnenkamm und hob den Blick. Über ihr breitete sich der Sternenhimmel aus wie schwerer, schwarzer Samt. Der Mond verschwand gerade hinter einem zerrissenen Wolkenschleier.

»Gespenstisch, was?« Karlchen vergrub ihre Fäuste in Schnutes kurzer Mähne. »Gut, dass du bei mir bist, Dickie«, flüsterte sie ihrem Pony zu, »sonst hätte ich doch ein bisschen Angst.«

Nach einer Weile fiel Schnute von sich aus in einen gleichmäßigen Trab. Er schnaubte und prustete. Karolin ließ ihr Pferd das Tempo bestimmen. Sie sah keine Notwendigkeit, sich zu beeilen. Ihr Verschwinden konnte noch nicht bemerkt worden sein. Als Schnute das Tempo noch mehr verlangsamte und schließlich im Schritt ging, war ihr das recht. Sie gab ihm die Zügel hin und angelte sich umständlich eins der Sandwichs aus der Kapuze. Während sie herzhaft hineinbiss und »Lecker, Schinken und Ei!« murmelte, lenkte sie Schnute mit den Schenkeln von der Straße weg auf einen schmalen Feldweg.

Karolin kannte den Weg von vielen Ausritten. Sie wusste, dass er zum Meer führte. Denn genau dort wollte sie hin: an die Nordseeküste. Am Strand würden sich ihre Spuren verlieren. Wind und Wellen würden Schnutes Hufabdrücke in kürzester Zeit einfach mit sich nehmen und fortwischen. Und niemand würde auch nur ahnen, dass dort kurz zuvor eine Ausreißerin mit ihrem Pony entlanggeritten war.

»Perfekt«, sagte Karlchen und wischte sich die Remoulade vom Kinn. »Snude, wir sind ein tolles Team, hab ich dir das schon mal gesagt?« Sie strubbelte Schnute durch die dicke Stehmähne und gähnte. Am Horizont bemerkte sie einen schwachen Lichtschein. Ob das schon die Sonne war? Wahnsinn! Sie würde den Sonnenaufgang am Meer erleben! Karlchen warf einen Blick auf ihre Uhr und entschied, dass der Sonnenaufgang noch ein paar Stunden auf sich warten lassen würde. Hastig verschlang sie auch noch das zweite Sandwich und nahm die Zügel wieder auf. »Hoppa, mein Süßer!«, rief sie. »Wir reiten ans Meer!«

6

Die Nordseewellen schwappten träge an den flachen Strand. Das Meer wirkte schmutzig und grau. Ein frischer Wind war aufgekommen und wehte Karlchen scharf um die Ohren. Das Mädchen zog die Schultern hoch. Die Luft war kalt und feucht. Karlchen fror.

Am Horizont, dort wo das Meer zu enden schien, war der blasse Lichtschein einer Bohrinsel zu sehen. Karlchen hatte Schnute durchpariert und stand mit ihm am Strand. Kleine Wellen umspülten Schnutes Hufe. Es schien ihm zu gefallen. Mit weit geöffneten Nüstern nahm er die frische Luft auf und prustete.

»Ist das jetzt die beginnende Flut«, überlegte Karo laut, »oder läuft das Wasser ab?«

Natürlich waren im Pferde-Internat, das so nahe an der Nordsee lag, Ebbe und Flut fast täglich ein Thema. Jeder Schüler hatte einen Gezeitenkalender und wurde angehalten, ihn auswendig zu lernen oder zumindest ständig bei sich zu führen. Es war einfach zu gefährlich, bei auflaufendem Wasser im Watt zu sein. Überall gab es gefährliche Priele, harmlos aussehende Wasserarme im Watt, die bei Flut und steigendem Wasserpegel rasant zu reißenden Flüssen anschwollen und alles mit sich rissen. Jedes Jahr gerieten ahnungslose Urlauber in Lebensgefahr, weil sie sich mit den Gezeiten nicht auskannten und die Kraft der Nordsee unterschätzten.

Karlchen stöhnte auf. Ihr Gezeitenkalender lag im Schloss,

fein säuberlich auf ihrem Schreibtisch. »Schöne Schiete«, schimpfte sie, ärgerlich auf sich selbst.

Sie warf abwechselnd einen Blick auf ihre Uhr und auf das Meer. Es war unmöglich auszumachen, ob das Wasser nun kam oder ging.

»Egal«, sagte sie schließlich bestimmt. »Das Wasser ist noch flach. Ob es nun kommt oder geht, wir müssen da durch! Wir dürfen keine Spuren hinterlassen!«

Energisch legte sie die Schenkel an und ließ Schnute tiefer ins Wasser waten. Eine ganze Zeit lang ritten sie parallel zur Küste und Karlchen döste fast ein. Das gleichmäßige Schwappen der Wellen und die Müdigkeit, die sie jetzt spürte, lullten sie regelrecht ein. Plötzlich zuckte sie zusammen. Ein kalter Windhauch blies ihr ins Gesicht.

»Nebel!« Karlchen erschrak. »Verdammt, Seenebel! Wo kommt der denn her?«

Sie und ihr Pony waren von dichten, eiskalten Nebelschwaden umhüllt, die jedes Geräusch zu schlucken schienen und jede Orientierung unmöglich machten. »Hilfe!«, rief Karlchen verzweifelt. »Snude, wo ist der Strand?« In ihrer Panik zog sie hart am Zügel und Schnute bäumte sich erschrocken halb auf. Als er wieder runterkam, stellte Karlchen entsetzt fest, dass ihrem Pferd das Wasser schon fast bis zum Bauch reichte. »Hilfe!«, sagte sie noch einmal. »Snude, was sollen wir nur machen?«

Schnute schnaubte aufgeregt und hob die Hufe. Das Wasser erreichte jetzt Karlchens Schuhe. »Das ist die Flut!«, schrie sie. »Snude, nein, wir müssen zurück!«

Karlchen versuchte, die Füße so hoch wie möglich zu nehmen und irgendwo in der grauen Suppe, die sie umgab, etwas zu erkennen. Es war zwecklos. Alles sah gleich aus. Der Strand war verschwunden, vom tückischen Nebel verschluckt.

Sie spürte, dass Schnute schon fast den Boden unter den Hufen verlor. Bald würde er schwimmen müssen. Karlchen zählte laut bis zehn und zwang sich zur Ruhe.

»Nur keine Panik«, betete sie vor sich hin, »ganz ruhig, nur keine Panik.«

Sie verdrehte den Arm und nestelte an der Seitentasche ihres Rucksacks herum. Mühsam zog sie das Handy heraus. Wen sollte sie anrufen? Die Küstenwache? Welche Nummer hatte die? Und überhaupt: Bis die sie gefunden hätten, wären Schnute und sie schon längst ertrunken! Das eiskalte Wasser schwappte über ihre Oberschenkel. Schnute schwamm! Karlchen schob sich das Handy zwischen die Zähne und biss fest drauf. Dann ließ sie sich von Schnutes Rücken gleiten. Sofort zog das Gewicht des Rucksacks sie herunter. Der aufgerollte Schlafsack saugte sich in Sekundenschnelle voll wie ein Schwamm. Verzweifelt befreite sich Karlchen von den Schlaufen und ließ den nassen Sack von ihren Schultern gleiten. Mit einem leisen Schmatzen versank er auf Nimmerwiedersehen im Meer.

Schnute hielt den Kopf hoch erhoben und kräuselte die Oberlippe. Wie ein kleiner Raddampfer pflügte er durch das trübe Wasser. Karlchen blieb nichts übrig, als sich an der Stoppelmähne ihres Ponys festzukrallen und sich mitziehen zu lassen. Vielleicht fand Schnute den Weg zurück ans Ufer? Pferde verfügten schließlich über einen sagenhaften Instinkt.

Karolin hoffte inständig, dass Schnute das Ufer fand. Sie vertraute ihrem Pony. Etwas anderes blieb ihr im Augenblick auch nicht übrig.

Plötzlich durchbrach ein Lichtstrahl den Nebel. Er leuchtete auf und verschwand wieder, leuchtete auf, verschwand.

»Ein Leuchtfeuer!«, zischte Karlchen mit zusammengebissenen Zähnen, zwischen denen sie noch immer das Handy festhielt. »Das ist der Leuchtturm von Borgelum! Da ist das Ufer!«

Sie löste eine verkrampfte Hand aus Schnutes Mähne und drückte gegen die Schulter des schwimmenden Ponys, um es in die richtige Richtung zu drängen. Aber Schnute schien jetzt auch zu spüren, wohin er musste. Er wandte den Kopf und schwamm unbeirrt auf das blinkende Licht zu. Schon bald hatte der Norweger Boden unter den Hufen. Er stampfte vorwärts und zog Karlchen, die sich an sein Zaumzeug geklammert hatte, einfach mit sich. Als sie flaches Wasser erreichten, blieb Karlchen liegen. Sie ließ Schnutes Zügel los und krabbelte schließlich auf allen Vieren an den Strand. Dann spuckte sie das Handy aus und fing an zu weinen. Heftige Schluchzer schüttelten sie. Schnute blieb unschlüssig stehen. Er betrachtete Karlchen, dann senkte er den Kopf und begann, mit dem Vorderhuf im Sand zu scharren.

»Nein!«, schrie Karlchen. »Nicht hinlegen! Der Sattel!«

Bevor Schnute in die Knie gehen und sich wälzen konnte, sprang sie auf. Mit einem Satz war sie bei dem Pony und zog es wieder hoch. Sie vergrub ihr Gesicht in seinem tropfnassen Fell und heulte weiter.

»Ich hab alles vermasselt, Snude«, schluchzte sie. »Es tut mir so Leid. Fast wären wir ertrunken, verdammt!«

Schnute schnaubte und fing erneut an zu scharren. Er wollte sich endlich hinlegen und wälzen und sich anschließend das juckende Salzwasser aus dem Fell schütteln. Mit klammen

Fingern öffnete Karlchen hastig den Sattelgurt und befreite ihren Fjordi von der Last. Fast augenblicklich ging er in die Knie und wälzte sich genüsslich von einer Seite auf die andere, wobei seine beschlagenen Hufe gefährlich in die Luft schlugen. Karlchen warf den nutzlos gewordenen Sattel achtlos in den Sand und sprang zur Seite. Wäre sie nicht so verzweifelt gewesen, fast hätte sie gelacht.

Nachdem er sich ausgiebig gewälzt hatte, stand Schnute schwerfällig auf und schüttelte sich. Kaltes Wasser und feinkörniger Sand spritzten von seinem Fell in alle Richtungen. Auch Karlchen bekam eine Ladung ab.

»Es reicht«, brummte sie missmutig. »Mir reicht's bis oben hin.« Stöhnend quälte sie sich aus ihren kurzen Reitstiefeletten und ließ das angesammelte Wasser ablaufen. Dann zog sie sich die patschnassen Socken von den Füßen und wrang sie so heftig aus, als wollte sie sie erwürgen.

Schnute bummelte unterdessen gelangweilt am Strand umher. Mit gesenktem Kopf schnoberte er nach interessanten Gerüchen, scharrte ab und zu mit den Hufen im Sand, um schließlich zu seiner Besitzerin zurückzukehren, die noch immer am Ufer hockte und ratlos auf das graue Meer starrte.

»Tja, Dicker, das war's dann wohl.« Karolin strich ihrem Pony traurig über das fast getrocknete Fell. »Wir müssen umkehren, sonst holen wir uns den Tod. Mir ist ja so kalt.«

Dem durchgefrorenen Mädchen liefen regelrechte Kälteschauer über den Rücken. Es bibberte und schlotterte zum Herzerweichen. Schnute stupste Karlchen freundlich an.

»Ja, du hast Recht, Dickie«, sagte sie. »Vom Rumsitzen wird es auch nicht besser.« Sie rappelte sich hoch und verschränkte die Arme vor der Brust. »Vielleicht sollte ich mich ein bisschen bewegen, was? Also gut, Aerobic-time!«

Karlchen hüpfte und sprang auf der Stelle, klatschte in die Hände und kam sich dabei reichlich blöd vor. Aber es half. Nicht viel, klar, aber doch wenigstens ein kleines bisschen. Sie warf einen Blick auf ihre Armbanduhr und stellte fest, dass sie stehen geblieben war. Wasser war unter das Uhrenglas gelaufen, die Zeiger standen auf ein Uhr dreiundzwanzig und bewegten sich keinen Millimeter vor.

»Von wegen wasserdicht!«, schnaubte Karlchen. »So ein Beschiss!« Ihr Blick fiel auf das Handy, das sie in den Sand hatte fallen lassen. Ob es noch funktionierte? Sie hob es auf und schüttelte es vorsichtig. Dann tippte sie ein paar Zahlen ein. Das Display leuchtete auf.

»Abgefahren«, sagte Karo. »Meine angeblich wasserdichte Turbo-Sportuhr gibt ihren Geist auf, aber das Billig-Handy aus Taiwan macht glatt eine Tauchfahrt durch die Nordsee mit. Ist ja cool!« Sie wählte die Nummer der Zeitansage und erfuhr, dass es kurz vor drei war. Mitten in der Nacht also. »Es gibt zwei Möglichkeiten, Snude«, erklärte Karlchen ihrem Pony. »Erstens, wir machen uns gleich auf die Socken und sind in einer knappen Stunde wieder auf Rosenberg, ohne dass jemals irgendjemand etwas von unserem Abenteuer erfahren wird. Oder zweitens«, sie machte eine Pause und schaute auf den Horizont, »wir suchen uns ein nettes Plätzchen, wärmen uns ein bisschen auf und sehen dann, wo wir ein anständiges Frühstück herkriegen. Was meinst du? Hier bleiben können wir jedenfalls nicht, so viel steht fest.«

Schnute schnaubte, dann gähnte er. »Vielen Dank für die

klare Antwort, Süßer«, sagte Karlchen zufrieden. »Das soll also heißen, dass wir uns ein bisschen ausruhen sollten, nicht? Okay, dann lass uns mal gucken …«

7

Karolins Blick wanderte zum Leuchtturm, der stetig sein Licht in die Dunkelheit schickte, weiter über das Hinterland. Viel war nicht zu sehen, aber sie meinte, in dem ab und an aufleuchtenden Strahl des starken Scheinwerfers ein paar Gebäude ausmachen zu können. Es sah aus wie ein Bauernhof, zumindest wie mehrere zusammenliegende Gebäude.

»Das gucken wir uns mal genauer an, Snude.« Karlchen stopfte das Handy in den feuchten Hosenbund, schulterte den triefenden Sattel und griff nach den Zügeln. »Wenn wir Glück haben, finden wir trockenes Heu und Stroh und ein Dach über dem Kopf. Komm, Snude, gehen wir.«

Im Gegensatz zu Karlchen stapfte Schnute nahezu fröhlich voran. Das nächtliche Abenteuer und das unfreiwillige Bad in den Wellen schienen das stämmige Robustpferd nicht beeindruckt zu haben. Karlchen hatte Mühe, ihrem Pony durch den tiefen Sand zu folgen. Nach kurzem Marsch verließen sie den Strand und erreichten, nachdem sie über einen Deich geklettert waren, einen befestigten Fahrweg. Wenn Karlchen sich nicht täuschte, musste dieser Weg direkt zu dem vermeintlichen Bauernhof führen.

Plötzlich blieb Schnute stehen und hob den Kopf. Er blähte die Nüstern, aus seiner Kehle kam ein tiefes Brummeln.

»Komm, Snude, voran«, sagte Karlchen energisch. »Da ist doch nichts.«

Doch Schnutes Hufe schienen festgewachsen zu sein. Er

ließ sich keinen Zentimeter vorwärts bewegen, so sehr sein Frauchen auch bettelte und bat. Karlchen stöhnte unwillig, als sie hinter einem Drahtzaun dunkle Schatten bemerkte, die ebenso unbeweglich dastanden wie Schnute. Zuerst dachte sie an Schafe, aber dann nahm sie den so typischen Geruch wahr: Pferde! Auf der anderen Seite des Weges standen Pferde. Als Schnute sich endlich dazu bewegen ließ weiterzugehen, folgten die Schatten auf der Weide in gemächlichem Tempo. Karlchen lächelte. Wo Pferde waren, war ein Stall und wo ein Stall war, war es trocken und warm. Die Chancen auf ein kuscheliges Plätzchen standen äußerst günstig.

Mit einem Mal endete der Weg und ging in einen holprigen Grasstreifen über. Karlchen und Schnute folgten dem Pfad, der den Eindruck machte, als sei er lange nicht mehr betreten worden, so zugewachsen war er. Ein paar Schritte weiter standen sie plötzlich auf einem Hof. Der Mond beleuchtete drei düstere, halb verfallene Gebäude mit eingesunkenen Strohdächern.

»Na, die haben auch schon mal bessere Zeiten gesehen«, murmelte Karlchen. Sie blieb stehen und schaute sich um. »Das sieht ja aus wie das ländliche Gruselschloss von Frankenstein Junior. Brr, Snude, wo sind wir denn hier gelandet?«

Der Wallach senkte den Kopf und rupfte ein paar Grashalme ab. Es war offensichtlich, dass er Hunger hatte. Auch Karlchen spürte, wie ihr Magen energisch und fordernd knurrte.

»Stress macht hungrig«, sagte sie, »aber wie ein Drei-Sterne-Restaurant sieht das hier nicht gerade aus, sorry.«

Sie zog Schnute langsam weiter. Den Sattel, der ihr schwer auf die Schulter drückte, legte sie an einer Bretterwand ab. Vorsichtig umrundeten das Mädchen und sein Pony das merkwürdige Gehöft. Zu Karlchens Verwunderung stand auf der Rückseite ein großer Viehtransporter, der zwar etwas mitgenommen aussah, aber durchaus noch fahrtüchtig wirkte. Es gab jedoch nicht den geringsten Hinweis auf irgendwelche Bewohner. Nirgendwo brannte Licht, alles wirkte still und verlassen. Die Fensterscheiben des Haupthauses waren entweder zerschlagen oder mit Brettern grob vernagelt.

Noch immer fror Karlchen erbärmlich. Die nasse Kleidung klebte an ihrem Körper wie eine zweite Haut, in den Stiefeletten schmatzte das Wasser unter den durchweichten Socken.

»Das gibt einen dicken Schnupfen, todsicher«, sagte Karlchen zu sich selbst. Sie bedauerte, dass sie nicht ihrem ersten Impuls gefolgt war, den Ausflug abzubrechen, zum Pferde-Internat zurückzukehren und sich in ihrem warmen Bett zu verkriechen, da hörte sie plötzlich das Schlagen einer Tür und schwere Schritte.

Schnute erschrak. Er machte einen Satz zur Seite und auch Karlchen duckte sich unwillkürlich hinter einen Mauervorsprung, der in tiefer Dunkelheit verborgen lag. Die Tür des Bauernhauses öffnete sich mit einem lauten Knarren, dann vernahm Karlchen eine Männerstimme. Sie konnte nicht verstehen, was der Mann sagte und wollte schon aus ihrem Versteck kriechen und »Hallo!« rufen, da erklang eine zweite, lautere Stimme, die sagte: »Verstau die Papiere im Handschuhfach, Pawel, und schließ es ab. Die Fälschungen sind perfekt, damit kommen wir mit den Gäulen locker über jede Grenze.«

»Stimmt, die Kaufverträge sind echt gut geworden. Du hast ganze Arbeit geleistet, Ralf«, erwiderte die andere Stimme.

Karlchen hörte das leise Klicken eines Feuerzeugs und einen tiefen Atemzug ganz in ihrer Nähe, als der Typ weitersprach: »Aber was ist mit den Brandzeichen? Ein paar der Pferde haben sogar Nummern. Eines der Ponys hat eine Tätowierung im Ohr. Soll ich es abschneiden?«

Karlchen zuckte zusammen. Abschneiden? Ein Ohr? Gefälschte Papiere? Grenze? Was ging hier vor? Entsetzt presste sie eine Hand vor den Mund und zog Schnutes Kopf zu sich herunter.

»Bist du bescheuert? Willst du, dass der Zosse uns auf dem Transport verblutet?«, grunzte die erste Stimme. »Die Bullen gucken sich nur die Papiere an und werfen vielleicht mal einen kurzen Blick in den Wagen, ob die Viecher auch Futter und Wasser an Bord haben. Wenn die Blut sehen, haben wir verloren.« Die Stimme entfernte sich. »Die Brandzeichen interessieren die einen feuchten Kehricht.« Karlchen schloss die Augen und spitzte angestrengt die Ohren. »In Serbien ist das sowieso egal. Da zählt nur der Schlachtpreis, nicht die Herkunft der Gäule.«

Schlachtpreis! Karlchen riss die Augen wieder auf. Die Typen wollten Schlachtpferde nach Serbien bringen. Die Pferde und Ponys von der Koppel hinter dem Deich! Und die Typen hatten gefälschte Papiere.

»Die Pferde sind geklaut!«, fuhr es ihr durch den Kopf. »Das sind Pferdediebe!« Sie tauchte noch tiefer in den Schatten hinein und hielt den Atem an. Mit einer Hand strich sie Schnute beruhigend über den Hals.

Eine Wagentür wurde geöffnet und wenig später wieder zugeschlagen.

»Alles klar, Ralf!«, rief die eine Stimme. Die Papiere sind gesichert!«

Der andere Mann hustete und antwortete: »Gut, Pawel. Mann, wenn alles so läuft, wie wir's geplant haben, haben wir übermorgen einen dicken Batzen Geld im Sack. In Skrawenice kaufen die alles, was vier Beine hat. Für die Ponys werden wir wohl nicht so viel bekommen, aber die drei Großen bringen ganz schön was auf die Waage, Alter!«

Skrawenice – der berüchtigte Schlachtpferdemarkt in Serbien!

Karlchen hatte in einer Reiterzeitschrift darüber gelesen. Es war grauenvoll! Aus ganz Europa, vor allem aber aus Osteuropa wurden Pferde, Ponys und Esel dorthin gekarrt und unter abscheulichsten Bedingungen verschachert. Von dort aus gingen die armen Kreaturen auf oft tagelang dauernde Transporte nach Italien, Frankreich, Belgien – meist ohne Wasser, ohne Futter, geprügelt und in dreckige, dunkle Viehwagen zusammengepfercht. Viele der Tiere waren dann schon mehr tot als lebendig, waren krank oder verletzt und hatten gebrochene Beine.

Karlchen konnte kaum glauben, was sie da hörte. Um sie herum drehte sich alles. In ihrem Kopf überschlugen sich die Gedanken.

»Mensch, gut, dass die Leute so blöd sind und ihre Viecher hier auf die entlegensten Weiden stellen«, sagte der eine Mann lachend, »und dann tagelang nicht nach dem Rechten sehen.«

»Ja.« Der andere lachte auch, es klang heiser und unheimlich gemein. »Wir brauchen uns nur noch zu bedienen. Haha, und bis die Besitzer festgestellt haben, dass ihre süßen Lieblinge verschwunden sind, sind wir schon längst über alle Berge. Und ihre Zossen hängen als Räucherwürstchen in der Vitrine. Hahaha.«

Karlchen knirschte vor Wut mit den Zähnen. Junge, wie gerne wäre sie einfach losgerannt und diesen miesen Kerlen mit ausgefahrenen Krallen direkt ins Gesicht gesprungen! Schnute schnaubte dunkel und scharrte mit dem Huf. Schnell kraulte sie ihm die Stirn. Ihr war schlecht, sie hatte Angst. Sie brauchte eine Idee, einen Geistesblitz. Und zwar schnell!

Die Stimmen entfernten sich ein Stück. Im fahlen Mondlicht sah Karlchen zwei große, breitschultrige Männer. Zwei Zigaretten glühten auf.

»Okay, dann hauen wir uns noch ein, zwei Stündchen aufs Ohr«, sagte der Heisere, »bevor wir die elenden Zossen in den Transporter schaffen. Durch Deutschland fahren wir am Tag, da sind die wenigsten Kontrollen.«

»Alles klar, Boss.« Das Knarren der Haustür durchdrang die nächtliche Stille. Mit einem Ächzen fiel sie ins Schloss. Auf dem Hof herrschte wieder absolute Ruhe.

»Mensch, Snude«, flüsterte Karlchen verzweifelt, »was sollen wir bloß tun?« Sie blieb im Gras hocken und überlegte fieberhaft. Zwei Stunden, hatte der eine gesagt. Die Ponys und Pferde hatten noch zwei Stunden Gnadenfrist, bevor sie in den stinkenden Viehtransporter getrieben und auf ihre letzte Reise geschickt werden sollten.

»Der Transporter! Der Transporter ist die Lösung!« Karlchen rieb sich hektisch die Nase. »Wenn der Wagen nicht anspringt, können die Typen die Pferde nicht wegschaffen! Dann sitzen sie in der Klemme!«

Karolin Karlsson verstand von Autos und Motoren in etwa so viel wie ihr Pony von den Binomischen Formeln. Und doch kam es ihr mit einem Mal ganz einfach vor. Man musste nur ein oder zwei Kabel durchtrennen oder den Benzinschlauch lösen und schon lief gar nichts mehr. Sie sah sich um. »Du bleibst hier, Snude«, sagte sie leise. »Wir dürfen kein Risiko eingehen.« Sie legte Schnutes Zügel auf den Boden. Für den Norweger war dies das Zeichen, dass er stehen bleiben musste, wo er war. Karlchen hatte das oft mit ihm geübt. Jetzt hoffte sie inständig, dass Schnute seine Lektion gelernt hatte.

Immer an der Wand entlang tastete sie sich auf Zehenspitzen am Bauernhaus vorbei in Richtung des abgestellten Viehtransporters. Wie ein Nachttier blieb sie immer wieder abwartend stehen, lauschte in die Dunkelheit und schaute sich aufmerksam um. Alles blieb ruhig.

Karolins Herz zersprang fast vor Aufregung. Aber ihr Kopf war klar. Sie wusste, was sie zu tun hatte. Und ihr war bewusst, dass sie nur diese eine Chance hatte. Wenn sie patzte, wäre alles vorbei.

Sie erreichte den Wagen und zog an den Türgriffen. »Mist«, flüsterte sie. Die Pferdediebe hatten Fahrer- und Beifahrertür abgeschlossen. Aber der Tankdeckel ließ sich mühelos öffnen. Karlchen klappte den Deckel zur Seite, drehte die Verschlusskappe ab und bückte sich. Mit beiden Händen griff sie in die Erde und stopfte alles, was sie zwischen die Finger bekam, in die Tanköffnung: Sand, Steinchen, Gras, kleine Äste. Dann drehte sie die Kappe wieder drauf und klappte den Deckel zu. Jetzt wollte sie sich dem Motor widmen. Als Karlchen versuchte, die Haube zu öffnen, bewegte sich diese keinen Millimeter, so sehr Karlchen auch zog und zerrte. Mit ihren Fingern fuhr Karlchen zwischen den Kühlerrippen entlang und spürte dort schließlich einen kleinen Haken, der sich zur Seite schieben ließ. Mit einem leisen »Klack« sprang die Motorhaube auf.

»Ja!«, sagte Karlchen mit einem zufriedenen Grinsen. Sie wischte sich den Schweiß von der Stirn. Das unübersichtliche Gewusel im Innern des Motorraums verursachte ihr leichte Übelkeit. Ganz kurz verlor sie die Fassung, aber dann sagte sie sich trotzig, dass sie schließlich keine Gesellenprüfung ablegen sollte. Es konnte in diesem Fall nichts schaden, wenn sie einfach alle Strippen abriss, ganz im Gegenteil.

Mit beiden Händen griff Karlchen in den Motor und riss und zurrte verbissen an Kabeln und Schläuchen. Ein paar gaben nach und ließen sich leicht lösen, andere verhielten sich störrisch und wehrten sich gegen die unsanfte Behandlung. Doch Karolin dachte nicht daran aufzugeben: Sie rupfte die Gummistecker von sämtlichen Zündkerzen und zog heftig an einem dicken Schlauch, von dem sie nicht einmal ansatzweise wusste, wozu der überhaupt da war. Dann, nach ein paar Minuten, betrachtete sie zufrieden ihr Werk.

»Wenn dieser Motor jemals auch nur noch einen Mucks von sich gibt«, murmelte sie halblaut, »fress ich einen Besen samt Kehrblech.« So leise es ging, drückte sie die Motorhaube wieder zu.

»Das war's.« Karlchen zitterte am ganzen Körper. Bald würde die Sonne aufgehen. Es wurde Zeit für sie und Schnute, sich aus dem Staub zu machen.

Mit weichen Knien schlich das Mädchen zurück zum Versteck ihres Ponys. Schnute hatte gedöst und wieherte erschrocken, als er sein Frauchen kommen hörte.

»Pscht«, machte Karlchen schnell. Sie nahm die Zügel vom Boden auf. »Komm, mein Dicker, lass uns von hier verschwinden.« Sie zog Schnute hinter sich her und klaubte im Vorbeigehen den Sattel auf. Als sie mit ihrem Pony den Grasweg entlanglief, kam Karlchen noch eine Idee. Sie führte Schnute an den Koppelzaun, hinter dem die gestohlenen Ponys und Pferde standen und sie aufmerksam beäugten, und öffnete das Gatter so weit es ging.

»Haut ab, wenn euch euer Leben lieb ist«, rief sie den Tieren zu. »Los, ab nach Hause!«

Zögernd löste sich ein Großpferd von der Gruppe und ging durch das geöffnete Tor. Die anderen Pferde folgten ihm. Karlchen holte aus und gab einem dicken Shetlandpony einen kräftigen Klaps auf die Kruppe. »Sorry, Kleiner«, murmelte sie. Der Shettie quiekte empört auf, schlug heftig nach ihr aus und jagte dann wutschnaubend und buckelnd davon. Die anderen Pferde folgten ihm in wilder Jagd und verschwanden wenig später hinter dem Deich.

»Ja!«, rief Karlchen erleichtert. »Lauft! Lauft um euer Leben!« Sie schlang Schnute die Arme um den Hals. »Lieber ein paar ausgebüxte Pferde am Strand«, sagte sie, »als ein ekliges Ponysteak auf dem Teller, was, mein Dicker? So, und jetzt rufen wir die Polizei an.«

Diesen Gedanken hatte sie die ganze Zeit über im Hinterkopf gehabt. Sie hatte zwar – wie sie hoffte – das Schlimmste, nämlich den Abtransport der Pferde, verhindert, doch den Verbrechern endgültig das Handwerk legen, das konnte sie nicht. Die Pferdediebe mussten festgenommen und bestraft werden. Und das war Sache der Polizei.

Karolin führte Schnute über den Deich. Am Strand standen dicht aneinander gedrängt die freigelassenen Pferde. Karlchen zählte fünf Ponys und drei Großpferde, die argwöhnisch und mit erhobenen Köpfen auf die Nordseewellen starrten. Es war offensichtlich, dass die Tiere nicht wussten, wohin sie sich wenden sollten. Karlchen empfand tiefes Mitleid mit ihnen, aber im Moment konnte sie sich nicht um sie kümmern. Mit ruhiger Hand zog sie ihr Handy hervor und wählte die Notrufnummer der Polizei.

»Hier ist Karolin Karlsson«, sagte sie mit fester Stimme. »Ich bin Schülerin vom Rosenberg-Internat. Bitte kommen Sie zum Borgelumer Leuchtturm. Auf dem alten Bauernhof halten sich zwei Pferdediebe versteckt. Bitte beeilen Sie sich.«

8

Der Beamte am anderen Ende der Leitung schien zuerst an einen üblen Streich zu glauben. Er drohte Karolin mit Bestrafung, falls es sich bei ihrem Anruf um einen Scherz handeln sollte. Doch Karlchen ließ sich nicht abwimmeln. Mit knappen Sätzen schilderte sie die ganze Geschichte und versprach schließlich, hinter dem Leuchtturm auf die Polizei zu warten.

»Rühr dich nicht vom Fleck«, sagte der Polizist schließlich. »Ich schicke einen Streifenwagen.«

»Ja, fein, aber machen Sie bloß kein Blaulicht an und sparen Sie sich dieses ganze Tatütata«, erwiderte Karlchen trocken. »Sie machen sonst die Pferde scheu.«

Sie setzte sich in das feuchte Dünengras und wählte Bentes Handynummer.

»Was ist?«, fragte die verschlafene Freundin nach endlos langem Klingeln. »Wo brennt's?«

»Bente, ich bin's, Karlchen«, sagte Karolin hastig. »Hör zu, ich hab hier am Borgelumer Leuchtturm etwas Dringendes zu erledigen. Sag der Pauli bitte, ich erkläre ihr später alles, ja? Und richte Merle aus, sie soll keinen Schreck kriegen, weil Snude weg ist. Der ist bei mir. Du, ich muss Schluss machen. Die Polizei kommt.«

»Was sagst du? Karlchen!« Bentes Stimme klang schlagartig hellwach. »Himmel, wo steckst du? Warum bist du nicht in deinem Bett?«

Karlchen stöhnte auf. »Ich kann dir das jetzt nicht erklären,

Bente«, zischte sie ins Handy. »Halt mir auf Rosenberg den Rücken frei, okay? In ein oder zwei Stunden bin ich da und entspanne die Lage.«

Bente wollte noch etwas sagen, aber Karlchen hatte sie schon abgewürgt und das Handy zurück in den Hosenbund gestopft.

Vom Deichweg näherte sich langsam ein Streifenwagen. Karlchen stand auf und winkte mit beiden Händen. Dann ging sie, Schnute am langen Zügel hinter sich her führend, auf das Polizeiauto zu.

In dem Wagen saßen zwei Polizisten. Der Fahrer, ein sympathisch aussehender junger Mann mit blonden Locken, hielt an und ließ das Seitenfenster herunter. »Na, junge Dame«, sagte er freundlich, »darf man fragen, was dich um diese ungewöhnlich frühe Morgenstunde veranlasst, einen Spaziergang am Deich zu machen? Noch dazu mutterseelenallein?«

»Erstens bin ich nicht allein«, konterte Karlchen selbstbewusst, »sondern habe mein Pferd bei mir. Und zweitens hab ich schon auf Sie gewartet. Ich heiße Karolin Karlsson. Ich habe die Polizei verständigt.«

Der Polizist runzelte die Stirn. »Dann gehört das Pony dir?«, erkundigte er sich. Karlchen nickte bestätigend. Der Beamte wechselte einen raschen Blick mit seinem Kollegen, einem wohlgenährten älteren Mann mit runden, rosigen Wangen. Der zuckte mit den Schultern und bemühte sich umständlich, aus dem engen Auto zu klettern. Auch der junge Beamte stieg aus.

»Soso, Karolin«, sagte er lächelnd. »Ich bin Hauptmeister Jörn Bode und das ist«, er wies auf seinen Begleiter, »Polizeiobermeister Werner Hansen. Was hältst du davon, wenn du uns die ganze Geschichte einmal der Reihe nach erzählst?« Karlchen nickte noch einmal. »Gut, dann los: Was hast du hier zu suchen und, vor allem, warum hast du die Polizei verständigt, Karolin?«

Karlchen holte tief Luft, dann erzählte sie die ganze Geschichte. Angefangen von ihrem unerlaubten Verschwinden aus dem Internat über das unfreiwillige Bad in der Nordsee bis hin zu ihren unglaublichen Beobachtungen auf dem verlassenen Bauernhof. Die beiden Polizisten hörten aufmerksam zu und unterbrachen sie nicht. Der Ältere machte sich ein paar Notizen in einem kleinen Büchlein.

»Und jetzt müssen Sie sich tierisch beeilen«, sagte Karlchen zum Schluss. »Ich habe den Transporter zwar so gut ich konnte auseinander genommen, aber wenn die Typen das spitz kriegen, machen die sich bestimmt zu Fuß aus dem Staub.« Sie sah Herrn Bode eindringlich an. »Sie dürfen keine Zeit mehr verlieren. Bitte, Sie müssen diese miesen Kerle unbedingt kriegen!«

»Das ist ja unfassbar.« Polizeiobermeister Hansen kratzte sich mit dem Kugelschreiber unter der Dienstmütze. »Du hast tatsächlich dieses Fahrzeug manipuliert? Lernt ihr so etwas auf dem Schloss-Internat?«

»Manipu-was? Ja, klar, hab ich. Aber das hab ich nicht in der Schule gelernt.« Karolin trat nervös von einem Fuß auf den anderen. »Los, Sie müssen die Heinis einkassieren! Worauf warten Sie denn noch?«

»Moment, junge Dame.« Hauptmeister Bode griff durch das geöffnete Seitenfenster zum Autotelefon. »Du sagst, es sind zwei?«

»Ja, hab ich doch schon hundertmal gesagt.« Karlchen

stöhnte auf. »Ich habe zwei Typen gesehen und gehört. Sie sahen ziemlich groß und stark aus im Dunkeln.« Zweifelnd musterte sie die beiden Beamten. »Ob sich da womöglich noch mehr von diesen miesen Pferdedieben im Haus verstecken, kann ich echt nicht sagen. Aber, nee«, Karo zupfte sich an der Nase, »da waren nur zwei, ganz sicher.«

»Ich rufe trotzdem Verstärkung«, erwiderte Herr Bode. »Die Kollegen sollen mit einem zweiten Wagen von der anderen Seite kommen. Und dann schauen wir uns die Vögel mal etwas genauer an.«

Es gab einen kurzen Wortwechsel über das Autotelefon, dann wandte er sich wieder an Karlchen: »So, und jetzt muss ich deine Eltern benachrichtigen, damit sie dich hier abholen können, Karolin.«

»Meine Eltern? Die sind in Dänemark! Das heißt, nee, Moment mal, ich glaube, meine Mutter ist seit gestern in Rom und mein Vater fliegt diese Woche die Atlantikroute.« Karlchens Mutter arbeitete bei einer großen, internationalen Modefirma und ihr Vater war Pilot bei einer dänischen Airline. Karlchen hatte hin und wieder Schwierigkeiten zu sortieren, wo ihre Eltern sich gerade auf dem Globus befanden. »Aber ich wohne im Pferde-Internat Rosenberg, hab ich doch gesagt!«

»Ach ja, richtig. Dann muss ich dort anrufen, damit dich jemand abholen kann.« Der Hauptmeister warf einen zweifelnden Blick auf Schnute. »Weißt du, Karolin, die Polizei muss sparen. Wir können uns nicht für jeden Streifenwagen einen Pferdetransporter leisten und in den Kofferraum können wir dein Pony wohl auch nicht stecken.« Er griff nach dem Hörer des Autotelefons.

Karlchen zog die Schultern hoch. »Muss das unbedingt sein?«, fragte sie kleinlaut. »Kann ich nicht hier bleiben? Oder zu Fuß nach Hause gehen?«

»Ausgeschlossen«, mischte sich Obermeister Hansen ein. »Du gehörst in Sicherheit gebracht. Keine Widerworte!«

Streng sah er Karlchen an, doch sie bemerkte, dass es in den Augen des Polizisten freundlich aufblitzte.

»In zehn Minuten ist ein Transporter vom Schloss hier.« Herr Bode hatte das Telefonat beendet. »Ein Herr von Hohensee wird dich und dein Pony abholen.«

»Krass«, sagte Karolin. »Das gibt 'ne Ansprache.«

Herr Bode legte ihr eine Hand auf den Arm. »So schlimm wird's schon nicht werden, Karolin«, meinte er mitfühlend. »Wenn du tatsächlich eine Bande von Pferdedieben dingfest gemacht hast, hast du eigentlich sogar ein Lob verdient. Wir werden sehen.«

»Und was wird aus den Pferden, die ich freigelassen habe? Die sind immer noch am Strand!« Siedend heiß waren Karlchen die entflohenen Tiere eingefallen. Sie irrten nach wie vor ziellos am Strand umher.

»Wir kümmern uns um sie, keine Sorge«, erwiderte Polizeihauptmeister Bode bestimmt. »Wir informieren gleich den Tierschutzverein, der ist für so etwas zuständig. Dann werden die Pferde zuerst mal auf einen Hof in der Nähe gebracht, bis wir die rechtmäßigen Besitzer ausfindig gemacht haben. Oh«, er unterbrach sich und rückte die Mütze zurecht, »da kommen die Kollegen. Es geht los!«

Die Polizisten stiegen in ihren Wagen. Der junge Beamte ließ den Motor an. »Du rührst dich nicht von der Stelle, Karolin, klar? Herr von Hohensee muss jeden Moment da sein.

Heute Nachmittag kommen wir dann zum Schloss und nehmen das Protokoll auf. Wir werden deine Aussage brauchen.« Der Streifenwagen rollte an. »Und dann erfährst du auch, wie die Geschichte ausgegangen ist.«

Karlchen drückte beide Daumen. »Viel Glück!«, rief sie noch. Dann starrte sie dem Wagen hinterher, der sich im Schritttempo dem mysteriösen Bauernhof hinter dem Leuchtturm näherte.

Als Karlchen sich umdrehte, um Schnute für das geduldige Warten mit ein paar Streicheleinheiten zu belohnen, sah sie auf der entfernten Landstraße den Pferdetransporter des Internats herankommen.

»Tja, Snude«, brummte Karlchen, »jetzt gibt's Ärger.«

9

»Kein Gepäck, Karolin?«, erkundigte sich Herr von Hohensee nach einer äußerst knappen Begrüßung.

»Abgesoffen«, erwiderte Karlchen betreten, aber wahrheitsgemäß.

»Soso«, war der sparsame Kommentar des Reitlehrers.

Hartwig von Hohensee vergewisserte sich, dass sie und Schnute unversehrt waren, dann nahm er Karlchen die Zügel aus den Händen und führte Schnute in den Hänger. Bevor Karlchen zu einer Erklärung der Umstände ansetzen konnte, wurde sie von Herrn von Hohensee angewiesen, sich ins Auto zu setzen.

Brav und ohne ein weiteres Wort zu sagen, schnallte sie sich an und starrte auf ihre Knie.

»Frau Dr. Paulus erwartet dich bereits, Karolin«, sagte der Reitlehrer mit ernster Miene. Er warf einen Seitenblick auf Karlchen, die angestrengt versuchte, die Seitennähte ihrer schmutzigen Reithose zu glätten. »Aber vorher solltest du ein heißes Bad nehmen und die Kleidung wechseln. Tztz …«, machte der sonst so freundliche Herr von Hohensee und schüttelte viel sagend den Kopf. »Du siehst zum Fürchten aus, Mädchen. Wie aus dem Müllsack gezogen.«

Der Rest der – wie Karlchen fand – viel zu kurzen Fahrt verlief in eisigem Schweigen. Sie starrte krampfhaft geradeaus und wünschte sich nichts sehnlicher, als hinten im Hänger bei Schnute stehen zu dürfen.

Als das Gespann auf den Schlosshof rollte, befürchtete Karlchen schon ein Empfangskomitee bestehend aus aufgebrachten Lehrern – allen voran die wutschnaubende Frau Dr. Paulus – und neugierigen Mitschülern. Aber die Gebäude lagen ruhig und friedlich in der Morgensonne, gerade so als wäre nichts geschehen.

»Puh«, entfuhr es Karlchen erleichtert.

»Wie bitte?«, fragte Herr von Hohensee.

»Och nichts.«

Hartwig von Hohensee und Karlchen luden Schnute ab und brachten ihn auf die Ponykoppel, anschließend schlich Karlchen mit hängenden Schultern auf einem Nebenweg in Richtung Schloss.

Obwohl sich Karlchens Extratour wie ein Lauffeuer herumgesprochen hatte und während des Frühstücks im Speisesaal das Gesprächsthema Nummer eins gewesen war, achtete Frau Dr. Paulus penibel darauf, dass die Stundenpläne eingehalten wurden und der Unterricht störungsfrei ablief. So gesehen hatte Karlchen Glück, als sie die Klinke der Eingangstür herunterdrückte und sich in einer menschenleeren Halle wiederfand.

Wie in der Nacht drückte sie sich an der Wand entlang, sprang jedes Geräusch vermeidend die Stufen in den ersten Stock hinauf und verschwand unbemerkt in ihrem Zimmer. Auf dem Bett fand Karlchen einen Brief von ihren Freundinnen.

»Mensch, Karlchen«, stand in Bentes Handschrift dort geschrieben, »geht's dir gut? Achtung, die Pauli ist außer sich! Zieh dich warm an und halt die Ohren steif! Wir hoffen, wir sehen dich noch, bevor du von der Schule fliegst. Küsschen von deinen, egal was passiert, immer zu dir haltenden Freundinnen!«

Bente, Kiki und Rebecca hatten den Brief unterschrieben und mit Smileys und kleinen Herzchen verziert.

»Hahaha«, brummte Karlchen, »ist ja witzig … von der Schule fliegen.«

Trotzdem fühlte sie sich ein wenig getröstet. Sie fand es lieb, dass ihre Freundinnen an sie dachten und zu ihr hielten. Wenn die drei Mädels sie nicht im Stich ließen, würde sie das dicke Ende bestimmt überstehen, da war sich Karolin sicher. Sie schälte sich umständlich aus den vollkommen verschmutzten Klamotten und hüpfte ins Bad. Dort warf sie einen flüchtigen Blick in den Spiegel und wandte sich entsetzt wieder ab. Himmel, Herr von Hohensee hatte Recht gehabt: Sie sah wirklich zum Fürchten aus! Blass, zerzaust und über und über mit einer schmierig-schwarzen Kruste überzogen.

»Puh«, sagte Karlchen zu sich selbst und schüttelte sich, »wie soll ich das jemals abkriegen?« Entschlossen drehte sie die Dusche voll auf und ließ sich das warme Wasser auf den Kopf prasseln. Während sie sich mit geschlossenen Augen von den Haaren bis zu den Zehenspitzen mit schäumendem, nach Blumen duftendem Duschgel einshampoonierte, versuchte sie vergeblich, nicht daran zu denken, was ihr bevorstand.

Ob die Pauli sie wirklich rausschmeißen würde? Verdient hätte sie es wohl, dachte Karlchen. Andererseits: Wo sollten Schnute und sie dann hin? Sie wären heimatlos. Obdachlos. Vertriebene. Ausgestoßene.

Krampfhaft verscheuchte das Mädchen die düsteren Gedanken und kniff die Augen fester zu, während sie mit eiskaltem Wasser den letzten Spülgang einleitete.

Ein paar Minuten später stand sie frisch und sauber, nach Sommerblüten duftend und fertig angezogen vor dem großen Wandspiegel im Zimmer und probierte verschiedene Gesichtsausdrücke aus. Von absolut niedergeschlagen über schwer schuldbewusst bis hin zu aufmüpfig – Karlchen hatte die ganze Palette drauf. Nur hatte sie leider keine Ahnung, welche Version bei Frau Dr. Paulus, der gestrengen Internatsleiterin, am besten ankommen würde.

»Tjaja«, murmelte Karlchen ihrem Spiegelbild zu, »wir werden sehen. Mehr als den Kopf abreißen kann der olle Drachen mir schließlich nicht.«

Mit einem grummeligen Gefühl im Bauch und Knien wie Wackelpudding ging sie betont langsam hinunter. Vor der Tür zum Direktorat blieb sie stehen und zählte bis zwanzig, bevor sie sich ein Herz fasste und mutig anklopfte. Fast augenblicklich erklang auf der anderen Seite der Tür das scharfe »Herein!« der Direktorin.

»Auf in den Kampf«, flüsterte sich Karlchen Mut zu, dann öffnete sie schwungvoll die Tür und betrat die Höhle des auf sie wartenden »ollen Drachen« mit einem, wie sie fand, angemessen reuigen Ausdruck im Gesicht.

Es hatte gerade zur großen Pause geläutet, als Karlchen aus dem Direktorat stürmte. Ihr Gesicht war gerötet, über ihre Wangen liefen heiße Tränen.

Die Schülerinnen und Schüler, die in Grüppchen in der Eingangshalle standen und sich unterhielten, verstummten abrupt und starrten Karlchen an. Kiki, Bente und Rebecca, die mit besorgten Mienen in der Halle auf und ab gegangen waren und keinen Schimmer hatten, was überhaupt los war, liefen sofort auf sie zu und wollten sie in die Arme nehmen. Doch Karlchen wehrte die wohlmeinende Geste schroff ab. »Lasst mich in Ruhe!«, schnauzte sie die Freundinnen an. »Lasst mich bloß in Ruhe!«

»Karolin!« Bente machte eine grimmige Grimasse. Mit einer Hand fuchtelte sie vor Karlchens Gesicht herum. »Erkennst du uns wieder? Wir sind's, deine Freundinnen! Krieg dich wieder ein, okay? Und dann erzählst du uns, was Sache ist.« Sie hielt die aufgebrachte Karolin am Ärmel fest. »Meinst du nicht, wir haben ein Recht darauf?«, fügte sie hinzu.

Karlchen grunzte und schüttelte Bentes Hand ab. »Mensch, lass los, Bente, du tust mir weh!« Sie funkelte die Zimmergenossin an. »Ich erzähl's euch später. Mir reicht's für heute. Kapiert?«

Kiki und Rebecca, die dem Wortwechsel schweigend zugehört hatten, hielten es für angebracht, sich einzumischen.

»Hey, Karlchen«, sagte Kiki vorsichtig, »findest du das gut, uns hier so abzuservieren? Wir haben dir schließlich nichts getan.«

Rebecca nickte und rückte ihre randlose Brille zurecht. »Im Gegenteil«, meinte sie, »wir sind sehr besorgt um dich und ich denke, es wäre an der Zeit, uns eine Erklärung für das ganze Theater zu geben. Ich kann gut nachvollziehen, dass du etwas mitgenommen bist, aber ...«

»Ach, hör doch auf mit deinem blöden Geschwafel«, brummte Karlchen. »Ich kann das im Moment echt nicht ab.« Sie wandte sich um und wollte schon gehen, aber Bente schnappte sofort wieder nach einem Zipfel des Sweatshirts.

»Nun sag uns wenigstens, ob du von der Schule fliegst oder nicht«, bat sie. »Das ist ja wohl das Mindeste.«

»Nein, ich fliege nicht. Zufrieden? Und jetzt lasst mich gehen. Ich bin für heute vom Unterricht befreit.« Karlchen riss sich los und stapfte wütend davon.

Sprachlos starrten Kiki, Bente und Rebecca der Freundin hinterher. Bente fand als erste die Sprache wieder. »Mannomann«, sagte sie, »die ist ja auf hundertachtzig!« Ihr Blick fiel auf Sven, der mit ein paar Jungs aus der Computer-AG in einer Ecke stand und fachsimpelte. Ohne zu zögern ging Bente auf den Vertrauensschüler zu und zog ihn von den anderen weg. »Hey, Sven«, sagte sie mit zuckersüßer Stimme zu dem dunkelhaarigen Jungen, »du bist doch Vertrauensschüler unseres Jahrgangs, nicht?«

Sven nickte beflissen. Er war mindestens einen Kopf kleiner als Bente und schaute zu ihr auf. »Logo, aber warum fragst du?«, erkundigte er sich. »Das weißt du doch.«

»Klar, Svenni«, Bente legte einen Arm um den Jungen und bemerkte, dass Sven vor Verlegenheit rote Ohren bekam. »Ich hab da nur mal eine Frage. Als Vertrauensschüler musst du doch über alles, was im Internat passiert, informiert sein, oder?« Wieder nickte Sven. »Fein«, fuhr Bente lächelnd fort. »Dann ist es doch sicher kein großes Problem für dich herauszufinden, was mit Karolin los ist, nicht wahr? Du weißt schon, Karolin Karlsson, meine Freundin.«

»Klar, ich weiß Bescheid«, erwiderte Sven flüsternd. »Na, die hat sich was geleistet. Kann gut sein, dass sie dafür einen Schulverweis kriegt.«

»Kriegt sie nicht«, gab Bente zurück. »Das weiß ich zufällig. Mann, du bist ja ein toller Schülervertreter! Kannst du dich vielleicht mal auf den neusten Stand der Dinge bringen? Karlchen war eben bei der Pauli.« Bente machte eine Pause und zwinkerte Sven zu. »Ich wüsste zu gerne, was bei diesem Gespräch herausgekommen ist.«

»Hm«, der Junge verzog das Gesicht, »könnte schwierig werden. Wenn es wegen deiner Freundin eine Schulkonferenz gibt, bin ich als Schülervertreter dabei. Aber dann bin ich natürlich zu absolutem Stillschweigen verpflichtet, das musst du verstehen, Bente.«

»Sicher, Sven, das verstehe ich vollkommen«, erwiderte Bente etwas genervt. »Ich dachte nur, du könntest dich vielleicht mal ein bisschen umhören, was Sache ist, und mir dann berichten, was Karlchen als Strafe blüht. Geht das nicht?«

Es läutete. Die große Pause war vorbei. Sven wandte sich zum Gehen. »Ich will mal sehen, was ich für dich tun kann, Bente«, rief er über die Schulter. »Ich sag dir in der nächsten Pause Bescheid.«

Bente warf dem Jungen eine Kusshand zu und grinste zufrieden. »Danke, Sven!«, rief sie zurück. »Du bist echt klasse!« Bevor Sven im Schülergewusel untertauchte, bemerkte sie, dass seine Ohren noch eine Spur röter geworden waren. Grinsend ging Bente zurück zu den wartenden Freundinnen. »In einer Stunde wissen wir mehr«, sagte sie. »Sven ist ein zuverlässiger Informant.«

»Und außerdem ist er in dich verknallt.« Kiki lachte. »Wie der dich anhimmelt!«

»Niedlich«, fand Rebecca, »nur leider eine halbe Nummer zu klein.«

Gemeinsam mit dem Rest ihrer Klasse verschwanden die Mädchen im Kunstsaal.

10

»Eure Freundin bekommt einen Tadel«, berichtete Sven in der nächsten Pause. »Außerdem hat Frau Dr. Paulus ihr eine Frist bis zu den Herbstferien gesetzt, um das Klassenziel noch zu erreichen. Schafft sie das nicht, wird sie eine Klasse runtergestuft.«

Rebecca sog scharf die Luft ein. »Himmel, das ist hart!«, sagte sie ernst.

Bente und Kiki nickten. »Armes Karlchen«, meinte Bente. »Kein Wunder, dass sie so aufgebracht war.«

»Das ist noch nicht alles.« Sven stellte sich fast auf die Zehenspitzen, um mehr Aufmerksamkeit zu bekommen.

»Was?« Bente riss die Augen auf. »Reicht das nicht als Strafe für unerlaubtes Entfernen?«

»Ihr habt ja keine Ahnung, was eurer Freundin letzte Nacht passiert ist«, sagte er geheimnisvoll. »Auf jeden Fall hat sie vier Wochen Stalldienst und …«

»Stalldienst? Das ist für Karlchen doch eine Belohnung und keine Strafe!« Kiki guckte verständnislos. »Das hat sie so umgehauen?«

»… und heute Nachmittag kommt die Polizei«, vollendete Sven seinen angefangenen Satz, »um Karolin zu vernehmen. Da ist nämlich einiges passiert in der vergangenen Nacht.«

Triumphierend guckte er in die Runde. Seine Worte hatten ihre Wirkung nicht verfehlt: Die Mädchen waren sprachlos. Sven machte eine wirkungsvolle Kunstpause und erzählte dann in geheimnisvoll flüsterndem Tonfall seine eigene Version von Karolins nächtlichem Abenteuer.

Auf wilden Gerüchten basierend, die der Junge aufgeschnappt hatte, und ausgeschmückt mit seiner blühenden Phantasie, hörte sich das Ganze ungefähr so an: Karolin hatte das Internat fluchtartig verlassen, nicht ohne vorher noch die Schlossküche zu plündern. Dann war sie in eine mörderische Flutwelle geraten, wäre mit ihrem Pony um ein Haar ertrunken und hatte anschließend eine mehrköpfige Bande von steckbrieflich gesuchten russischen Mafiosi eigenhändig zur Strecke gebracht. Die Mafiosi hätten wertvolle Zuchtpferde von umliegenden Gestüten gestohlen und wollten diese, mit geänderten Brandzeichen und perfekt gefälschten Papieren, teuer ins Ausland verkaufen. Karolin hatte die Gangster – es handelte sich nach Svens Darstellungen um mindestens acht schwer bewaffnete Typen – überwältigt und gefesselt und sie dann gut verschnürt der Polizei übergeben. Mit Hilfe der Kripo hatte sie dann selbstverständlich auch noch die wertvollen Zuchtstuten und -hengste auf die Gestüte zurückgebracht.

»Tja«, sagte Sven, »und jetzt braucht die Kripo natürlich noch Karolins Aussage.« Er machte eine Pause und stieß Bente leicht in die Rippen. »Kann gut sein«, fuhr er gedämpft fort, »dass eure Freundin als Kronzeugin in einem Mafia-Prozess aussagen wird. Dann muss sie erst mal untertauchen und sich eine neue Identität zulegen. Man kennt so was doch aus einschlägigen Filmen, nicht?«

Bente starrte den Jungen mit aufgerissenem Mund an. Sie schluckte trocken und wollte etwas erwidern, aber irgendwie fehlte ihr die nötige Spucke.

Kiki kam der Freundin zu Hilfe. »Mann, Sven, du hast doch einen Knall«, gab sie ungerührt zurück. »Unser Karlchen und die Mafia – das glaub ich echt nicht!«

Sven zog beleidigt die Schultern hoch. »Glaub doch, was du willst«, brummte er und wandte sich zum Gehen. »Ich habe jedenfalls meine zuverlässigen Quellen. Ihr werdet sehen: Alles, was ich gesagt habe, stimmt bis ins Detail – so wahr ich Schülervertreter bin.« Mit diesen Worten ging er hoch erhobenen Hauptes davon und ließ die Mädchen in der Ecke des Pausenhofs stehen.

»Sagt mal, was haltet ihr davon?«, fragte Kiki die Freundinnen atemlos.

»Der Typ sieht eindeutig zu viele Krimis«, schnaubte Rebecca verächtlich. Sie klemmte sich die Formelsammlung unter den Arm und biss in einen Apfel. »Wir kennen doch alle Svens verworrene Gehirnwindungen. Wenn der sich einbildet, er hätte am helllichten Tag ein Ufo über dem Schlosspark gesehen, kann ihn nichts auf der Welt davon abbringen. Also, ich für meinen Teil möchte zuerst einmal Karolins Version hören, ihr nicht?« Sie warf das Kerngehäuse des abgenagten Apfels in ein Blumenbeet, was zwar streng verboten war, aber nach Rebeccas Meinung dem »Mikrokosmos unterhalb des für das menschliche Auge sichtbaren Bereichs« zugute kam.

»Doch, ja, logisch«, erwiderte Bente, »und dafür opfere ich sogar die Mittagspause.«

Als es zur letzten Stunde klingelte, hatten die drei Mädchen beschlossen, das Mittagessen sausen zu lassen und stattdessen ein ausführliches Gespräch mit Karolin zu führen. Die Arme hockte, wie Bente vermutete, allein und verlassen in ihrem

Zimmer. Es wurde höchste Zeit, dass sich die Freundinnen um sie kümmerten!

Nach dem Unterricht stopften Kiki, Bente und Rebecca ihre Rucksäcke in ihre Spinde im Flur und stürmten die Treppe hinauf in Karlchens Zimmer. Sie hofften, dass ihr Fehlen im Speisesaal nicht auffallen würde. Und wenn schon – ihre Freundin war jetzt wichtiger als jedes üppige Mahl oder irgendwelche dummen Schulregeln.

Sie fanden Karlchen auf dem Bett liegend, mit einem dicken Wollschal um den Hals.

»Ich habe Halsschmerzen. Wahrscheinlich kriege ich einen Mörder-Schnupfen«, sagte sie reichlich kläglich zur Begrüßung. »Und außerdem hab ich Hunger.«

»Kein Problem.« Bente ging ums Bett herum, strich der Freundin kurz über die Wange und zog die untere Schublade ihres Nachtschränkchens auf. »Hier«, sagte sie und reichte Karlchen eine angebrochene Packung Schokoladenkekse, »meine eiserne Reserve für Notfälle.«

»Na, wenn das kein Notfall ist«, meinte Kiki seufzend und setzte sich zu Karlchen aufs Bett. »Mensch, Karlchen, nun erzähl mal! Was ist eigentlich passiert?«

Karlchen griff in die Schachtel und mümmelte ein paar Kekse.

»Also, das war so«, fing sie an, »aber haltet euch fest, ihr werdet es kaum glauben …«

Atemlos hörten die drei Freundinnen zu. Bente riss die Augen auf, als Karolin berichtete, wie sie mit Schnute in die Flut geraten und im Seenebel die Orientierung verloren hatte. Aber als sie dann auch noch den verlassenen Bauernhof erwähnte und das von ihr belauschte Gespräch der Pferdediebe, stöhnte sie entsetzt auf.

»Mensch, Karlchen, hattest du denn gar keinen Schiss?« Bente nahm sich einen Keks und biss krachend hinein.

»Doch, klar«, gab die Freundin zu, »ich hätte mir fast in die Hose gemacht. Aber was sollte ich denn tun? Da waren die Pferde und da war der Transporter, der sie zum Schlachtpferdemarkt bringen sollte. Ich musste einfach reagieren, versteht ihr? Ich hatte gar keine andere Wahl. Ich habe gar nicht lange nachgedacht.«

Eine kleine Pause trat ein. Die Mädchen schwiegen. Sie mussten erst einmal verdauen, was sie eben gehört hatten. Schließlich ergriff Rebecca das Wort.

»In derartigen Stress-Situationen, wie du sie erlebt hast, Karolin«, dozierte sie mit ernstem Gesicht, »schüttet der Körper vermehrt Adrenalin aus. Das ist ein Hormon, das bewirkt ...«

»Mensch, Rebecca, bitte!« Kiki fasste sich an den Kopf. »Das ist ja sehr interessant, was du uns da erzählen willst, aber irgendwie bringt es uns nicht weiter. Lasst uns lieber überlegen, wie wir Karlchen aus diesem Schlamassel heraushelfen können.«

»Stimmt«, schloss sich Bente an. »Immerhin hat sie einigen Pferden und Ponys das Leben gerettet und dazu beigetragen, dass zwei Verbrecher gefasst werden konnten. Ich finde, Karlchen hat eine Belohnung verdient und keine Strafe!«

Karlchen zog den Schal ein wenig fester um den Hals und ließ sich aufs Bett zurücksinken. »Da ist die Pauli aber anderer Meinung«, krächzte sie heiser. »Die hat mich so was von runtergeputzt, das könnt ihr euch überhaupt nicht vorstellen. Richtig gekeift hat die.« Sie zog den Schal über die Ohren.

»Ich kann euch sagen, vor der Pauli hab ich mehr Bammel als ich vor den Pferdedieben hatte. Und das will schon was heißen!« Karlchen blinzelte die Freundinnen an. »Deshalb war ich vorhin auch so fies zu euch. Ich war einfach platt und durcheinander und wollte nur alleine sein. Sorry, könnt ihr mir noch mal verzeihen?«

»Schon vergessen«, brummte Bente gutmütig.

Kiki nickte lächelnd. »Alles klar«, sagte sie. »Wir verstehen das schon.«

»Natürlich trägt Frau Dr. Paulus als Internatsleiterin die Verantwortung für uns alle. Da muss sie selbstverständlich gewisse Grenzen setzen und gegebenenfalls auch disziplinarisch tätig werden. Immerhin hast du durch dein unerlaubtes Entfernen die Internatsregeln verletzt«, setzte Rebecca an. Aber als sie Kikis und Bentes genervte Gesichter bemerkte, schwenkte sie schnell um und sagte hastig: »Trotzdem bin ich natürlich auch der Meinung, dass wir Karlchen unterstützen sollten. Ich schlage vor, wir setzen eine Petition auf.«

»Eine Peti-was?« Bente guckte verwirrt.

»Eine Petition«, wiederholte Rebecca. »Das ist sozusagen eine Bittschrift. Wir werden Frau Dr. Paulus darum bitten, Karlchens Strafe abzumildern, noch besser, auf eine Bestrafung ganz zu verzichten, weil sie durch ihr mutiges Handeln geholfen hat, eine Straftat aufzudecken beziehungsweise zu verhindern.« Rebecca rückte ihre Brille zurecht und blickte in die Runde. »Seid ihr einverstanden?«

»Mensch«, entfuhr es Kiki. »Rebecca-Liebes, hast du eigentlich schon mal daran gedacht, Anwältin zu werden?«

»Sicher«, erwiderte die Angesprochene gelassen, »aber mein Hauptinteresse liegt nun mal, wie ihr wisst, im naturwissenschaftlichen Bereich. Obwohl«, sie runzelte die Stirn, »im Hinblick auf die zunehmende Globalisierung ist Internationales Wirtschaftsrecht sicherlich auch eine durchaus interessante Sache.«

»Na ja, egal«, mischte sich Bente ein. »Ob du Anwältin wirst oder den Nobelpreis in Physik bekommst – jetzt schreiben wir erst mal diese Peti-dingsda für Karlchen, okay?«

»Gut«, Rebecca zückte schon Kuli und Papier, »aber vorher möchte ich noch eines wissen.« Durch ihre randlose Brille schaute sie prüfend auf Karlchen. »Warst du denn wirklich so naiv zu glauben, dass du damit ungestraft davonkommst? Ich meine, wie konntest du so blöd sein und einfach abhauen? Hast du überhaupt nicht an die Konsequenzen gedacht, die deine Aktion unweigerlich nach sich ziehen würde?«

»Nein, doch, ja«, druckste Karolin. »Wisst ihr, ich hab mich so eingesperrt gefühlt«, versuchte sie zu erklären. »Zuerst der Stress mit Mr Saunders und dann die Pauli, die mir einfach den Wanderritt verboten hat. Ich musste irgendetwas tun, musste raus hier. Versteht ihr das denn nicht?«

»Nein«, sagte Rebecca ungerührt, während sie sich bereits ein paar Notizen machte. »Einen Internatskoller hat jede von uns mal. Aber das ist noch lange kein Grund, einfach wegzulaufen.«

»Nö, dann wäre Rosenberg nämlich ziemlich leer«, fügte Bente trocken hinzu. »Vielleicht würden sogar unsere Lehrer flüchten, wer weiß?«

11

Am frühen Nachmittag, kurz vor dem Ende der Mittagszeit, lag die fertige Bittschrift auf dem Schreibtisch in Karlchens und Bentes Zimmer. Bente hatte Rebeccas Notizen auf dem PC in Form gebracht und ausgedruckt:

»Sehr geehrte Frau Dr. Paulus,
in der Angelegenheit Karolin Karlsson, Klasse 7b, bitten wir, die Unterzeichnenden, Sie, liebe Frau Dr. Paulus, um Strafnachlass für die Beschuldigte. Mit ihrem unerlaubten Entfernen vom Internatsgelände und ihrer nächtlichen Aktion hat sich Karolin sicher falsch verhalten und gegen gültige Schulregeln verstoßen, doch wir bitten Sie zu berücksichtigen, dass durch das anschließende mutige Handeln Karolins eine Straftat aufgedeckt und Schlimmeres verhindert werden konnte.

Karolin Karlsson hat mit ihrem entschlossenen Eingreifen mehrere Pferde und Ponys vor dem sicheren Tod als Schlachtvieh bewahrt und der Polizei zwei Verbrecher ausgeliefert.

Bitte, Frau Dr. Paulus, lassen Sie Milde walten. Karolin sieht ihren Fehler ein und möchte sich dafür entschuldigen. Wir würden uns freuen, wenn Sie ihre Bestrafung daraufhin noch einmal überdenken würden.

Mit freundlichen Grüßen,
Ihre Rebecca Mangold, Bente Brandstätter,
Kiki van der Slooten (Schülerinnen der Klasse 7b)«

»Und wo soll ich unterschreiben?«, fragte Karlchen, nachdem sie das Schriftstück zum ungefähr vierten Mal gelesen und für gut befunden hatte.

»Petitionen werden nicht vom Delinquenten unterzeichnet«, wurde sie von Rebecca belehrt. »Du musst das so sehen: Wir sind jetzt deine Anwältinnen, okay? Du musst dich um gar nichts weiter kümmern.«

»Cool«, fand Karolin. »Wer kann sich sonst schon drei attraktive, junge Anwältinnen leisten?«

»Und wann wollen wir der Pauli den Brief geben?«, erkundigte sich Kiki.

Bente verzog das Gesicht. »Ich finde, wir sollten die Petition einfach in ihr Postfach legen«, meinte sie. »Ich habe keine große Lust, ihr damit unter die Augen zu treten und mir dabei gleich eine Predigt anzuhören.«

»Nee, ich auch nicht«, sagte Rebecca, »aber trotzdem: Wir sollten die Bittschrift auf jeden Fall persönlich überreichen.« Sie warf Karlchen einen kurzen Blick zu. »Ohne die Angeklagte natürlich. Ich schlage vor, wir lassen uns für heute Abend einen Termin bei der Pauli geben. Vielleicht hat sie sich bis dahin ein bisschen beruhigt«, fügte sie hoffnungsvoll hinzu.

»Einverstanden.« Bente stand auf. »Und jetzt?«

»Jetzt gehen wir reiten«, erwiderte Kiki entschlossen. »Schon vergessen? Um drei ist Dressurtraining für alle Abteilungen.«

»Das findet wohl ohne mich statt«, maulte Karlchen. Sie nestelte bedrückt an ihrem Schal. Ihre Augen wirkten glasig, ihre sommersprossige Stupsnase leuchtete rot. Es war offensichtlich, dass wegen des unfreiwilligen Bads in der Nordsee eine dicke Erkältung im Anzug war. »Wer weiß, ob ich Snude jemals wiedersehe.«

»Spinnst du komplett?« Bente stupste die Freundin an. »Ich habe nichts davon gehört, dass dir die Pauli das Reiten verboten hat. Und den Umgang mit Schnute auch nicht, oder?«

»Direkt gesagt hat sie es nicht«, gab Karo zu. Ein kleines Funkeln trat in ihre Augen. »Sie hat nur gesagt, dass ich heute vom Schulunterricht suspendiert bin, vom Reitunterricht war nicht die Rede.«

»Siehste«, meinte Kiki. »Dann ist doch alles okay. Du kommst natürlich mit! Reiten steht immerhin auf unserem Stundenplan ganz weit oben, schon vergessen? Also, in zehn Minuten vor der Tür, okay?«

Kiki und Rebecca verzogen sich in ihr benachbartes Zimmer, um sich umzuziehen. Während Karlchen in ihre Ersatzreithose schlüpfte – die andere war nach dem Abenteuerritt kaum mehr zu gebrauchen –, nieste sie zweimal heftig. Bente sah ihre beste Freundin mitfühlend an.

»Na, Prosit, wenn du jetzt auch noch Fieber kriegst, hast du deine Strafe schon weg«, meinte sie und stieg in ihre Reitstiefel.

Ein paar Minuten später hüpften die Freundinnen die Treppe hinunter und verließen das Schloss. Mit langen Schritten überquerten sie den gepflegten Vorplatz, gingen durch das alte Torhaus und standen kurz darauf vor den Stallungen.

Aus dem Stall drangen gedämpfte Geräusche. Hufe schlugen ungeduldig gegen Boxenwände, ein Pferd wieherte, ein anderes antwortete. Als Herr von Hohensee, der Reitlehrer, aus dem Stall trat, zog er bei Karolins Anblick zwar die Augenbrauen hoch, sagte aber nichts.

Karolin versuchte ein kleines Grinsen und sagte: »Hi!« Dann drehte sie sich um und lief in Richtung Ponystall. »Ich hole schon mal Snude!«, rief sie über die Schulter zurück.

Hartwig von Hohensee kratzte sich nachdenklich die Stirn. »Na, die hat's aber eilig«, brummte er. »Hauptsache, sie geht nicht wieder baden.« Er wandte sich an Kiki, Bente und Rebecca und sagte: »Okay, dann macht schon mal eure Pferde fertig. Wir treffen uns in einer halben Stunde auf dem Dressurviereck.«

»Geht klar, Herr Rittmeister«, entgegnete Kiki etwas respektlos, aber der alte Reitlehrer schien sie gar nicht gehört zu haben. Er grummelte noch etwas Unverständliches und verschwand schließlich in der Sattelkammer.

Patrick Falkenberg trat von hinten an die Mädchen heran und hielt Kiki mit beiden Händen die Augen zu. »Sollst du so mit unserem geschätzten Meister reden?«, fragte er mit verstellter Stimme. »Ein bisschen mehr Achtung, wenn ich bitten darf.«

Kiki quiekte auf und zog Patricks Hände von den Augen.

»Meine Güte, hast du mich jetzt erschreckt!« Sie gab ihm einen kleinen Kuss auf die Wange. »Reitest du mit?«

»Klar«, antwortete Patrick lächelnd. »Allerdings in der Ponyabteilung. Mein dicker Snorri kann mit euren langbeinigen Krachern dressurmäßig leider nicht mithalten.«

»Außer im Tölt«, erwiderte Kiki lachend. »Gut, dann sehen wir uns später, ja?«

»Moment«, sagte Patrick schnell. »Wo du gerade vom Tölt sprichst: Willst du es heute nicht noch einmal versuchen? Ich reite Snorri jetzt im Gelände schön locker und danach bekommst du eine Privatlektion vom Töltmeister persönlich.« Er schlug sich auf die Brust. »Na, was hältst du davon?«

»Nee, du«, sagte Kiki bedauernd. »Heute geht's echt nicht. Du weißt doch, dass Karlchen in megatierischen Schwierigkeiten steckt. Wir haben uns vorgenommen, sie da rauszuholen.«

Kiki erzählte ihrem Freund von der Petition. Patrick machte große Augen.

»Du, das finde ich echt stark von euch«, meinte er aufrichtig, »dass ihr so zu eurer Freundin haltet. Sag mal, Kiki, kann ich diese Petition nicht auch unterschreiben? Je mehr Unterschriften ihr habt, um so wirkungsvoller ist der Schrieb doch, oder?«

Kiki war Feuer und Flamme. »Mensch, Patrick, das ist eine Spitzen-Idee! Klar, wir sammeln Unterschriften im ganzen Internat!« Sie gab Patrick einen dicken Kuss mitten auf den Mund. »Manchmal bist du einfach genial! Wenn die ganze Schule unterschreibt, muss die Pauli ihre Meinung einfach noch einmal revidieren. Das ist Karlchens Chance!«

»Klar, ich hör mich auch mal im Stall um«, erwiderte Patrick begeistert. »Die Stallhelfer und Pferdewirte unterschreiben bestimmt. Karolin hat immerhin einigen Pferden und Ponys das Leben gerettet. Ich finde, sie ist eine Heldin. Und mit dieser Meinung stehe ich bestimmt nicht alleine da.« Er sah auf seine Uhr und umarmte Kiki kurz. »Okay, Kleine. Bis später dann. Und vergiss mich nicht.«

»Gottchen, muss Liebe schön sein«, seufzte Bente und schaute dem angehenden Pferdewirt schmachtend hinterher.

Kiki wollte der Freundin gerade einen Tritt versetzen, als

eine dunkle Stimme sagte: »Und wie!« Es war Daniel Barenthien, Rebeccas Freund. Als Daniel Rebecca nun ebenfalls mit einem zärtlichen Kuss begrüßte und die Krücken beiseite legte, um die Arme für eine Umarmung frei zu haben, schnaubte Bente heftig.

»Ist ja ätzend, dieses Geknutsche«, sagte sie gespielt missbilligend. »Da geh ich doch lieber zu meiner süßen Flippi.«

Kopfschüttelnd drehte sie sich um und stapfte, gefolgt von einer kichernden Kiki, in den Stall.

Rebecca schmiegte sich eng an Daniel und schloss die Augen. Daniel strich ihr leicht über das kurze schwarze Haar. »Hm«, flüsterte er, »riechst du gut.«

»Hey, Romeo und Julia! Aufwachen!« Kiki hatte den Kopf durch ein Stallfenster gesteckt. »Mensch, Rebecca, nun reiß dich endlich los! Der Hohensee hat schon zweimal gerufen!«

Rebecca winkte der Freundin kurz zu und sagte zu Daniel: »Hoffentlich darfst du bald wieder in den Sattel. Immer nur zugucken ist bestimmt reichlich ätzend.«

»Das kannst du laut sagen.« Daniel machte ein grimmiges Gesicht. »Aber ich gebe die Hoffnung nicht auf. In ein oder zwei Wochen geben die Ärzte bestimmt grünes Licht. Und dann«, er legte einen Arm um Rebeccas Taille, »machen wir einen Ausritt. Nur du und ich und …«

»… und Karfunkel und Mystery.« Rebecca lachte. »Ich freu mich jetzt schon darauf. Was ist?« Auffordernd blickte sie ihrem Freund in die blauen Augen. »Hilfst du mir bei Karfunkel?«

Statt eine Antwort zu geben, schnappte sich Daniel seine ungeliebten Krücken, klemmte sie sich unter den Arm und hinkte an Rebecca vorbei, um das Sattelzeug für ihre Rappstute zu holen. »Ihr Wunsch ist mir Befehl, Mylady«, sagte er grinsend.

Während Rebecca vorsichtig den Schweif der Stute verzog und einzelne Strohhalme heraussuchte, fiel ihr Blick durch das geöffnete Stallfenster. In einem Paddock schräg gegenüber lief ein großrahmiger, dunkelgrauer Hengst unruhig auf und ab.

»Guck mal, dein armer Mystery«, sagte Rebecca zu Daniel. »Eines Tages wird er einfach über den Zaun springen, um zu Karfunkel zu kommen.«

Daniel nickte. »Ja, er ist wirklich schwer verliebt. Den ganzen Tag steht er in seinem Auslauf und schmachtet deine Schwarze an.« Daniel strich Karfunkel über das kohlschwarze, glänzende Fell. »Hast du eigentlich noch einmal darüber nachgedacht, ob Karfunkel mal ein Fohlen haben soll? Von Mystery?«, fragte er vorsichtig.

Als Daniels Hengst Mystery, ein erfolgreiches Militarypferd, in den Hengststall eingezogen war, hatte sich zwischen dem mächtigen Rappschimmel und der schwarzen Stute eine Lovestory entwickelt, über die der ganze Stall staunte. Wann immer sie konnten, suchten die beiden Pferde Kontakt zueinander. Bei Ausritten waren sie kaum auseinander zu bekommen und viele von Rebeccas Freunden waren der Meinung, man sollte diese außergewöhnliche Pferdeliebe mit einem kleinen Fohlen krönen.

Rebecca zögerte. »Ja, manchmal denke ich schon, wie toll das wäre«, gab sie zu, »aber ganz sicher bin ich mir nicht. Karfunkel ist ja erst fünf Jahre alt und ich habe vor, im nächsten Jahr ein paar Turniere mit ihr zu reiten.« Sie gab der Stute einen liebevollen Klaps auf die Kruppe. »Vielleicht will ich auch endlich das Reitabzeichen mit ihr machen. Und wenn sie ein Fohlen bekommt, fällt das alles erst einmal ins Wasser.«

»Da hast du natürlich Recht«, erwiderte Daniel, aber er klang nicht sehr überzeugt. »Na ja, wie sagt man so schön: Aufgeschoben ist nicht aufgehoben.« Er trat vor die Box, um Karfunkels Sattel zu holen. »Ich bin felsenfest davon überzeugt«, rief er Rebecca über die Schulter zu, »dass unsere beiden Pferde füreinander bestimmt sind. Früher oder später gründen sie eine Familie, du wirst schon sehen.«

Rebecca lachte und legte Karfunkel die Kandarre an. »Okay, Daniel. Wir werden sehen.«

Fünf Minuten später nahm die Abteilung auf dem großen Dressurviereck Aufstellung. Kiki zog noch einmal den Sattelgurt ihres dunkelbraunen Wallachs Torphy nach. Bente, die im Sattel ihrer Holsteiner Fuchsstute Flippi saß, winkte fröhlich zu Karlchen rüber, die mit den anderen Ponyreitern auf dem kleineren Viereck Bodenarbeit machte.

Merle Sander, die junge Pferdewirtin, die die Ponyabteilung trainierte, hatte bunte Hindernisstangen kreuz und quer auf den Boden gelegt. Die Reiterinnen und Reiter ließen nacheinander ihre Ponys und Kleinpferde am langen Zügel darüber gehen. Bente sah, dass Karolins Gesicht unnatürlich gerötet war. Die Freundin tat ihr Leid. Bestimmt hatte sie inzwischen Fieber bekommen. Trotzdem winkte Karlchen einigermaßen ausgelassen zurück und grinste über beide Ohren. Man konnte ihr ansehen, wie glücklich sie war, mit ihrem Schnute zusammen zu sein. Das Mädchen mit dem unbändigen braunen Wuschelkopf und der stämmige Norweger mit der Strubbelmähne gehörten einfach zusammen.

Als Herr von Hohensee den Reitplatz betrat, setzten sich die Jungs und Mädchen einen Tick gerader in ihren Sätteln zurecht und nahmen die Zügel auf.

»Abteilung rechts um, Marsch«, gab der Reitlehrer das erste Kommando. »Im versammelten Schritt anreiten.«

Kiki und Torphy übernahmen wie gewohnt die Tete. Eigentlich war das Springen Kikis und Torphys Lieblingsdisziplin, aber das Dressurtraining gehörte nun einmal zur Ausbildung dazu. Torphy bog sich schön und kaute auf seinem Trensengebiss. Hin und wieder warf Kiki unter ihrem Reithelm einen kurzen Blick hinüber zur Ponyabteilung, in der auch Patrick mitritt, aber schon bald hatte sie keine Zeit mehr dafür. Herr von Hohensee gab das Kommando zum versammelten Trab und forderte die ganze Aufmerksamkeit seiner Abteilung mit immer rascher wechselnden Aufgaben. Er ließ durch die halbe Bahn wechseln, Schlangenlinien und Volten reiten und einzeln rückwärts richten. Die Pferde gingen gelöst und konzentriert. Hartwig von Hohensee war sehr zufrieden.

»Abteilung, Haalt!«, rief er gedehnt, und dann: »Im starken Galopp, Marsch, durch die ganze Bahn wechseln. Ich will am richtigen Punkt perfekte Galoppwechsel sehen, verstanden?«

»Puh.« Rebecca stöhnte leicht auf. Fliegende Wechsel in der Abteilung waren ein schweres Stück Arbeit. Alleine, nur mit Karfunkel in der Bahn, okay, aber mit zwölf anderen? Sie warf Daniel einen kurzen Blick zu. Der blonde Junge saß auf einer schmalen Bank und ließ die Freundin auf der Rappstute nicht eine Sekunde aus den Augen. Er fing Rebeccas leicht hilflosen Blick auf und nickte ihr zu. »Du packst das schon«, raunte er ihr zu, als Rebecca an ihm vorbeiritt. »Los, zähl einfach mit!«

Rebecca zählte jeden einzelnen versammelten Galoppsprung, den ihre Stute machte. Als die Abteilung die Hand wechselte und die Bahn querte, gab Rebecca genau im richtigen Moment die entscheidenden Hilfen. Bereitwillig sprang Karfunkel um. Perfekt, dachte Rebecca. Lächelnd klopfte sie ihrem Pferd den Hals.

»Sehr sauber«, lobte auch der Reitlehrer. »Prima, Leute. Bente«, wandte er sich an die blonde Reiterin, »du musst dein Pferd mehr versammeln. Versuch es noch mal allein, bitte.«

Bente schwitzte unter ihrer Reitkappe. Flippi war eine liebe kleine Stute, aber für die hohe Schule der Dressur eindeutig nicht geboren. Bente und Flippi liebten gemütliche Ausritte und lange Galoppstrecken am Strand. Aber fliegende Galoppwechsel? Bente zog eine Schnute und schüttelte sich, dann legte sie die Schenkel ein wenig fester an. »Los, Kleine, das schaffen wir schon«, flüsterte sie Flippi in die aufmerksam spielenden Ohren. Die Holsteinerin sprang bereitwillig an – und es klappte. Genau am Scheitelpunkt wechselte sie die Hand und galoppierte auf dem richtigen Fuß weiter, als wäre dies die leichteste Übung der Welt.

»Super, Mädchen«, freute sich Herr von Hohensee. »Hoffentlich habt ihr anderen genau aufgepasst. So sieht ein perfekter Galoppwechsel aus!«

Bente wurde über und über rot. Mit der Hand lobte sie ihr Pferd überschwänglich und ließ die Zügel länger.

Herr von Hohensee ließ die Abteilung noch eine Weile durcheinander reiten und gab dann das Kommando zum Aufmarschieren und Anhalten.

»Absitzen und Pferde loben«, rief er über den Platz. »Morgen sehen wir uns zum Springtraining wieder!«

Die Freundinnen beeilten sich, ihre Pferde in den Stall zu führen und abzusatteln. Mit zusammengedrehten Strohwischen rieben sie sie sorgsam trocken und kratzten zum Abschluss noch einmal gründlich die Hufe aus. Normalerweise nahmen sie sich sehr viel Zeit für diese Arbeit nach dem Reitunterricht, aber heute hatten die Mädchen es eilig. Es galt, noch möglichst viele Unterschriften für die Petition zu sammeln, damit diese spätestens morgen überreicht werden konnte. Persönlich, in der Höhle des Drachen.

Als Kiki, Bente und Rebecca sich von ihren Pferden verabschiedet hatten und vor dem Stall auf Karolin warteten, rollte im Schritttempo ein grünweißer Streifenwagen auf den Schlosshof. Die Reifen knirschten, als der Wagen auf dem Kies vor dem Schlossportal zum Halten kam. Zwei Polizisten stiegen aus. Ein junger, von weitem sehr nett aussehender, und ein älterer, rundlich wirkender Beamter, der mit wichtiger Miene seine Dienstmütze gerade rückte. Die beiden Polizisten wechselten ein paar kurze Worte, der jüngere lachte, dann verschwanden sie mit entschlossenen Schritten im Schloss.

»Au Backe«, entfuhr es Bente. »Die Polizei, dein Freund und Helfer.«

Erschrocken sahen sich die Mädchen an. Natürlich war ihnen sofort klar, dass das Erscheinen der Polizei nur mit Karlchen zu tun haben konnte. Mit wem sonst?

12

Karlchen zuckte zusammen, als ihr die aufgeregten Freundinnen von der Ankunft des Streifenwagens berichteten. Doch dann breitete sich ein leichtes Grinsen auf ihrem Gesicht aus.

»Das müssen Herr Bode und Herr Hansen sein«, sagte sie, »die beiden Beamten, die heute früh zum Leuchtturm gekommen sind, um die Pferdediebe zu verhaften. Die sind echt supernett«, erklärte sie Kiki, Bente und Rebecca, die immer wieder abwechselnd besorgte Blicke zum Schloss und dann wieder auf die Freundin warfen.

Karlchen schien wenig beeindruckt zu sein. Im Gegenteil: Fast wirkte sie erleichtert. »Junge«, sagte sie, »endlich erfahre ich, wie die Sache ausgegangen ist. Und vor allem«, fügte sie hinzu, »was aus den armen Pferden und Ponys geworden ist. Was meint ihr? Soll ich gleich mal hingehen?«

»Bist du bescheuert?«, fragte Bente entsetzt. »Du kannst da doch nicht einfach hinmarschieren und die Polizisten begrüßen, als ob nichts gewesen wäre. Die sind doch jetzt sicher erst mal bei der Pauli.«

»Na und?« Karlchen schien ihr unerschütterliches Selbstvertrauen wiedergefunden zu haben. »Um so besser!«

Kiki und Rebecca wechselten einen viel sagenden Blick. Bente blieb der Mund offen stehen.

»Was guckt ihr so blöd?«, fragte Karlchen.

»Na, du hast Nerven«, erwiderte Rebecca. »Im Schloss wird soeben über dein Schicksal entschieden und du machst einen auf cool. Was denkst du, wie toll Frau Dr. Paulus es findet, dass die Polizei auf dem Schlossgelände ist? Die schäumt über vor Wut. Das setzt dem Ganzen die Krone auf, Karlchen. Und ich fürchte, das wirst du ausbaden müssen. Unsere schöne Petition können wir uns unter diesen Umständen wohl in die Haare schmieren.« Resigniert senkte Rebecca den Blick und kickte mit der Spitze ihres Reitstiefels einen Kieselstein weg. Sie seufzte.

»Hey, hallo, kapiert ihr denn nicht?« Karlchen hüpfte von einem Fuß auf den anderen. »Die Polizisten sind auf meiner Seite! Hundertprozentig! Der eine hat heute Morgen schon gesagt, ich hätte mir eine Belohnung verdient.« Sie machte eine Pause und kaute auf der Unterlippe. »Ich wüsste zu gerne, was die da drüben jetzt bequatschen.«

»Das, liebe Karolin«, sagte Bente trocken, »wirst du schon früh genug erfahren.«

»Auf jeden Fall sollten wir ins Schloss gehen, uns umziehen und mental auf die Lage einstellen«, meinte Kiki. »Wenn wir hier noch länger rumstehen und doofe Reden halten, werden wir noch verhaftet wegen Erregung öffentlichen Ärgernisses oder so.«

»Haha.« Bente gab der Freundin einen Knuff. »Ich finde das überhaupt nicht witzig.«

Im Laufschritt machten sich die vier auf den Weg ins Schloss. Als Karlchen vor der Tür zum Direktorat anhielt und tatsächlich Anstalten machte, an der dicken Eichentür zu lauschen, zog Bente sie energisch weiter.

»Karlchen, deine Nerven möchte ich haben«, stöhnte sie, »also ehrlich …«

Die Mädchen verschwanden in ihren Zimmern und

schlüpften aus den Reitklamotten. Nacheinander sprangen sie unter die Dusche und wuschen sich die Haare. Eine Viertelstunde später saßen sie auf Karolins und Bentes Balkon in der milden Nachmittagssonne und guckten sich ratlos an.

»Was nun?«, fragte Kiki.

»Abwarten«, entgegnete Rebecca.

»Was anderes bleibt uns wohl nicht übrig«, brummte Bente.

Die vier Freundinnen verfielen in dumpfes Brüten. Bente starrte vor sich hin, Kiki spielte mit einer Strähne ihrer langen schwarzen Haare und Rebecca zupfte nervös an ihrer Nase. Nur Karlchen schien die Ruhe selbst zu sein. Sie schaukelte mit ihrem Stuhl vor und zurück, nieste ab und zu und machte ansonsten ein recht zufriedenes Gesicht.

Es dauerte nicht lange, da klopfte es energisch an der Tür. Bente wäre vor Schreck fast vom Stuhl gekippt, aber Karlchen rief locker über die Schulter: »Herein, bitte!«. Es war Sven, der Schülervertreter. Er steckte den Kopf durch die Tür und machte ein extrem wichtiges Gesicht. Als er Bente sah, wurde er rot.

»Ähm, hallo …«, stammelte er, »äh, ich soll ausrichten, dass Karolin zu Frau Dr. Paulus kommen soll.« Er wollte den Kopf schon wieder zurückziehen, als ihm noch etwas einfiel. »Sofort, hat Frau Dr. Paulus gesagt«, setzte er hinzu und verschwand, wobei er die Tür leise hinter sich ins Schloss zog.

Trotz der angespannten Situation mussten die Mädchen kichern.

»Armer Svenni«, sagte Kiki. »Vier Mädels auf einem Haufen sind eindeutig zu viel für den Armen.«

»Ach, lasst mal«, grummelte Bente, »der Typ ist schon ganz in Ordnung.«

Karlchen stand auf und räusperte sich. »Tja, dann will ich mal gehen. Drückt mir die Daumen, ja? Wir sehen uns.«

Mit gemischten Gefühlen stieg Karolin die breiten Steinstufen hinunter und durchquerte die Halle. Obwohl sie sich einredete, ein gutes Gefühl zu haben, war sie nervös, schrecklich nervös. Vor der bekannten Tür zum Zimmer der Internatsleiterin blieb sie stehen und hob die Hand, um anzuklopfen. Mitten in der Bewegung hielt sie inne. Sie konnte dem Drang zu lauschen nicht widerstehen und presste ihr Ohr an die Tür. Aus dem Direktorat drangen gedämpfte Stimmen. Karlchen konnte nicht ein Wort von dem verstehen, was drinnen gesprochen wurde, aber als sie leises Gelächter hörte, entspannte sie sich ein wenig.

»Nun denn«, murmelte sie und klopfte energisch an. »Auf geht's.«

Als sie das helle Zimmer betrat, stand Frau Dr. Paulus auf und kam ihr entgegen. Ihre Miene war undurchdringlich. Sie lächelte nicht, sah aber auch nicht gerade böse aus. Karlchen holte tief Luft und sagte: »Guten Tag, Frau Dr. Paulus. Ich sollte mich bei Ihnen melden?«

»Ja, Karolin.« Die Direktorin gab ihr die Hand. »Setz dich bitte.«

Karlchen hockte sich auf einen der stoffbespannten Besucherstühle direkt vor dem monströsen Schreibtisch von Frau Dr. Paulus. Ihr Herz klopfte wie verrückt. Als sie den Blick zur Seite wandte, sah sie die beiden Polizisten.

Herr Bode und Herr Hansen standen am geöffneten Fenster und rauchten. Hauptmeister Bode lächelte.

»Hallo, Karolin«, sagte er freundlich. »Schön, dich gesund

und munter wiederzusehen. Hast du dein Abenteuer gut überstanden?«

»Bis jetzt ja, Herr Bode. Aber das dicke Ende kommt ja noch«, entfuhr es Karlchen. Sie biss sich auf die Zunge. O Schreck, hatte sie das wirklich gesagt? Sie warf Frau Dr. Paulus einen raschen Blick zu, aber die verzog keine Miene, sondern nahm auf der anderen Seite des Schreibtischs in ihrem bequemen Arbeitsstuhl Platz.

»Karolin, du weißt, warum du hier bist, nehme ich an?«, fragte Frau Dr. Paulus. Sie zog eine Augenbraue hoch. Karlchen nickte. »Gut«, fuhr die Direktorin fort. »Die beiden Beamten, Herr Bode und Herr Hansen, die du ja bereits kennst, waren so freundlich, mir einige Einzelheiten zu den Vorkommnissen der vergangenen Nacht mitzuteilen.« Sie machte eine Pause und sah Karlchen an.

Karolin rutschte unruhig auf ihrem Stuhl hin und her. Ihr Blick wanderte von der Schulleiterin zu den Polizisten und zurück. Sie hielt es nicht mehr aus. »Was ist mit den Pferden?«, fragte sie. »Geht es ihnen gut? Sind sie in Sicherheit?«

Zum ersten Mal lächelte Frau Dr. Paulus. »Den Tieren geht es gut, Karolin«, erwiderte sie. »Herr Bode und Herr Hansen konnten sehr schnell die Besitzer der Ponys und Pferde ausfindig machen. Sie waren ausnahmslos als gestohlen gemeldet. Mittlerweile sind sie sicher wieder in ihren Heimatställen, nicht wahr?«

Werner Hansen nickte. »So ist es, Frau Dr. Paulus«, sagte er. »Dank Karolins besonnenem Handeln war es im Anschluss ein Leichtes für uns, die Eigentümer zu ermitteln. Die Tiere sind in Sicherheit.«

»Puh«, machte Karlchen, »das ist wirklich gut.«

»Ja, das finde ich auch, Karolin«, sagte Frau Dr. Paulus.

»Aber was ist mit den Verbrechern?«, wollte Karlchen weiter wissen. »Haben Sie die Diebe verhaftet?«

Hauptmeister Bode grinste. »Klar, haben wir, Karolin. Die beiden Herren hatten wohl ein wenig zu tief ins Glas geschaut. Als wir sie auf dem verlassenen Hof antrafen, haben sie tief und fest geschlafen. Sie haben sich ohne große Gegenwehr festnehmen lassen.«

»Und inzwischen haben sie ein umfangreiches Geständnis abgelegt«, ergänzte Herr Hansen die frohe Botschaft. »Sie haben die Pferde und Ponys tatsächlich von den Koppeln entwendet, um sie später nach Serbien zu schaffen und dort als Schlachttiere zu verkaufen.« Der rundliche Polizist schüttelte sich. »Ich hatte ja keine Ahnung von diesen Dingen. Unsere Kollegen in Süddeutschland haben da schon mehr Erfahrungen als wir hier oben. Wie sie uns mitgeteilt haben, werden die feinen Herren in mindestens drei Bundesländern per Haftbefehl gesucht.«

»Mensch! Auch wegen Pferdeklau?« Karlchen riss die Augen auf.

»Nicht nur«, erklärte Herr Bode, »aber unter anderem ja.« Er zwinkerte ihr zu. »Tut mir Leid, aber mehr dürfen wir dir wirklich nicht verraten.«

»Schon klar«, erwiderte Karlchen und zwinkerte zurück. »Für mich ist sowieso das Allerwichtigste, dass es den Ponys und Pferden gut geht. Was die Typen sonst noch auf dem Kerbholz haben, interessiert mich nicht die Bohne. Hauptsache, die armen Tiere sind gerettet und werden nicht zu Wurst verarbeitet.« Zufrieden lehnte sie sich in ihrem Stuhl zurück.

Was jetzt noch auf sie niederprasseln würde, konnte sie nicht mehr erschüttern.

Soll die Pauli mich doch rauswerfen, fuhr es ihr durch den Kopf, oder meinetwegen sitzen bleiben lassen. Ist mir doch egal.

»Den Viehtransporter hast du übrigens auch äußerst fachgerecht zerlegt.« Jörn Bode legte eine Hand auf Karlchens Schulter. »Unser Sachverständiger kam aus dem Staunen gar nicht mehr heraus. Mit *dem* Wagen wären die Burschen keinen Meter weit gekommen – es sei denn, sie hätten ihn geschoben. Und das«, ergänzte er lächelnd, »wäre wohl ziemlich schwierig gewesen, mit den Pferden und Ponys an Bord.«

Karlchen grinste. Sie war sehr zufrieden mit sich. Klasse, klasse, dachte sie. Karolin Karlsson – du bist einsame Spitze!

»Die Papiere, die wir im Handschuhfach gefunden haben, waren übrigens sehr schlecht gefälscht«, erklärte Herr Hansen an Frau Dr. Paulus gewandt. »Sehr plump gemacht. Aber wahrscheinlich wären sie in Osteuropa trotzdem damit durch den Zoll gekommen. Man kennt das ja.«

Die Schulleiterin nickte, ohne etwas zu erwidern. Sie legte beide Hände flach auf die Schreibtischplatte und schien sie eingehend zu betrachten. »Du kannst dir vorstellen, Karolin«, sagte sie schließlich nach einigem Zögern, »dass es mir unter diesen Umständen sehr schwer fällt, dich noch zu bestrafen.« Karlchen hielt die Luft an. »Trotzdem habe ich keine andere Wahl«, fuhr die Direktorin unerschütterlich fort. »Die Schulregeln, die für uns alle bindend sind, lassen mir nur wenig Spielraum.« Mit einem leisen Zischen entwich die angehaltene Atemluft aus Karlchens Backen. Frau Dr.

Paulus achtete nicht darauf. Sie sagte – und fast klang es, als hätte sie Mitleid mit Karlchen: »Zuerst diese unerfreuliche Sache mit Mr Saunders, dann dein unerlaubtes Entfernen mitten in der Nacht … Ich muss, so Leid es mir tut, an dem festhalten, was ich dir bereits in unserem ersten Gespräch mitgeteilt habe, Karolin. Die Frist zum Erreichen des Klassenziels bis zu den Herbstferien bleibt bestehen, ebenso der vierwöchige Stalldienst. Du weißt, was das bedeutet. Jeden Morgen eine Stunde vor den anderen aufstehen und im Stall beim Füttern und Misten helfen. Vier Wochen lang, auch an den Wochenenden.«

»Hmhm«, machte Karlchen zerknirscht. Innerlich jubelte sie. Nur schwer konnte sie die Begeisterung über diese ungemein »harte« Strafe verbergen. Was das anging, hätte die Pauli ihr vier Monate oder – noch besser – vier Jahre Stallarbeit aufbrummen können!

Als die Schulleiterin fortfuhr, schloss Karlchen allerdings die Augen. In ihren Ohren rauschte es. Jetzt würde es kommen, das dicke Ende.

»Von dem gegen dich verhängten Tadel will ich allerdings noch einmal absehen«, hörte sie gedämpft. »Immerhin hast du außerordentlichen Mut bewiesen und der Polizei bei der Aufklärung eines Verbrechens geholfen. Das kann ich nicht ganz außer Acht lassen.«

Karlchen schaute auf und blickte Frau Dr. Paulus direkt in die grauen Augen. Sie bemerkte, dass ein kleines, belustigtes Funkeln darin aufblitzte.

»Danke, Frau Dr. Paulus«, sagte Karlchen leise. »Das ist sehr großzügig von Ihnen. Ich verspreche auch, dass so etwas nie wieder vorkommen wird.«

»Was? Dass du keine Pferdediebe mehr fängst?«, mischte sich Herr Bode schmunzelnd ein.

»Nee«, erwiderte Karlchen ernst. »Das kann ich natürlich nicht versprechen. Im Gegenteil: Ich würde jederzeit wieder so handeln, logo. Aber«, sie wandte sich wieder an ihre Direktorin, »ich werde mich bemühen, in der Schule besser mitzuarbeiten. Ich schaffe das bis zum Herbst, Frau Dr. Paulus. Ganz bestimmt.«

»Darauf verlasse ich mich, Karolin.« Frau Dr. Paulus nickte fast feierlich. »Ich habe übrigens mit deinen Eltern gesprochen. Selbstverständlich musste ich sie über die Ereignisse in Kenntnis setzen. Das verstehst du doch sicher?«

»Klar«, murmelte Karlchen betreten.

»Ich glaube, sie werden uns am kommenden Wochenende einen Besuch auf Rosenberg abstatten«, sagte Frau Dr. Paulus geheimnisvoll. »Aufgrund der besonderen Umstände habe ich ihrem Wunsch, dich zu sehen, natürlich gerne entsprochen.«

»Meine Eltern kommen? Alle beide?« Karlchen sprang auf. »Das ist ja der Wahnsinn!«

Karolin hatte ihre Eltern seit den Osterferien nicht mehr gesehen. Und damals auch nur für ein paar Tage. Es war nämlich unüblich, dass die Eltern ihre Kinder zwischendurch im Internat besuchten. Ausnahmen waren besondere Anlässe, Feiern, Jubiläen. Oder Erkrankungen der Kinder. Karlchen freute sich auf das Wiedersehen – auch wenn sie befürchtete, dass ihre Erziehungsberechtigten am Wochenende ein paar ernste Worte mit ihr wechseln würden.

»Sie müssen entschuldigen, Frau Direktor«, mischte sich Herr Hansen ein, »aber wir müssen so langsam wieder zurück aufs Revier. Der Schreibkram wartet.« Er gab zuerst der Pauli und dann Karlchen die Hand. »Wir haben mit deiner Schulleiterin vereinbart, dass du morgen nach dem Unterricht zu uns kommst, um deine Aussage zu machen und das Protokoll zu unterschreiben.«

»Ja, Karolin, bis morgen also.« Auch Herr Bode reichte Karlchen die Hand und drückte sie fest. »Lass dir bis dahin keine grauen Haare wachsen was deine Eltern angeht. Wenn du meine Tochter wärst, wäre ich sehr stolz auf dich.«

Die Polizeibeamten nickten noch einmal und verabschiedeten sich endgültig. Als sie das Zimmer verlassen hatten, blieb Karlchen unschlüssig stehen.

»Tja, also, kann ich dann auch gehen?«, fragte sie.

»Ja, sieh zu, dass du rechtzeitig zum Abendessen kommst, Karolin«, erwiderte die Direktorin freundlich. »Und dann solltest du dich hinlegen. Du siehst etwas fiebrig aus. Ach, da ist noch etwas«, sagte sie, als Karlchen schon die Hand auf der Türklinke hatte. »Mr Saunders hat gestern überraschend gekündigt. Ich dachte, das würde dich vielleicht interessieren?« Frau Dr. Paulus' Gesicht war undurchdringlich wie zuvor. »Mr Saunders zieht es nach eigenem Entschluss vor, an einer Schule zu unterrichten, an der Tennis und Hockey gespielt werden. Ich habe den Eindruck, der Umgang mit Pferden passt nicht recht zu seinem Naturell.«

Karlchen biss sich auf die Unterlippe, um nicht laut loszujubeln. Wahnsinn, dachte sie. Oberwahnsinn!

»D-danke, Frau Dr. Paulus«, stammelte sie, nur mühsam beherrscht. »Es ist sehr nett von Ihnen, dass Sie mir das gesagt haben.« Sie öffnete die Tür einen Spalt und drehte sich noch einmal um. »Und wer wird uns dann in Englisch unterrichten, wenn Mr Saunders nicht mehr da ist?«, erkundigte sie sich. Im Stillen hegte sie natürlich die Hoffnung, dass der verhasste Englischunterricht für den Rest des Schuljahrs ausfallen würde.

»Ich natürlich. Wer sonst?«, war die ebenso kurze wie verblüffende Antwort der Direktorin.

13

»Krass, Karo«, brummte Bente am nächsten Nachmittag zufrieden. »Das Halbjahr ist gelaufen. Nie wieder Neville Saunders Leidensmiene, wenn er ein Pferd sieht, nie wieder seine blöden Niesattacken.«

Wie auf Kommando nieste Karlchen zweimal hintereinander. Sie grinste die Freundin entschuldigend an. »Sorry«, meinte sie, »ich kann echt nichts dafür.«

Bente und Karlchen lagen faul auf dem gepflegten Rasen des Schlossparks, genossen die warme Sonne und den Luxus eines freien Nachmittags. Karlchen war mittags bei der Polizei gewesen und hatte ihre Aussage zu Protokoll gegeben.

»Weißt du was?«, fragte sie Bente, während sie auf einem Grashalm kaute. »Herr Hansen hat gesagt, ich bekomme vielleicht eine Belohnung!«

»Was? Echt?« Bente richtete sich auf.

»Ja«, erwiderte Karlchen. »Die Besitzer der geklauten Pferde und Ponys sind so happy, dass sie ihre Tiere gesund und munter wiederbekommen haben. Sie wollen zusammenlegen und mir was spendieren. Ich soll mir etwas überlegen«, fügte sie nachdenklich hinzu.

»Ist ja cool.« Bente war beeindruckt. »Und? Ist dir schon was eingefallen?«

»Nö, kein Stück«, antwortete Karlchen wahrheitsgemäß. »Eigentlich will ich auch gar nichts haben. Es war selbstverständlich für mich, den Tieren zu helfen.«

»Klar, das verstehe ich schon, aber trotzdem: Ich finde auch, dass du dir nach dem ganzen Stress eine Belohnung verdient hast«, meinte Bente. »Immerhin hast du eine Menge riskiert, Karlchen. Und den Besitzern macht es sicher eine Riesenfreude, dir was zu schenken, so erleichtert wie die sind. Also, ich würde da nicht nein sagen.«

»Haben Herr Hansen und Herr Bode auch gesagt.« Karolin pflückte ein paar Gänseblümchen und steckte sie sich hinters Ohr. »Na ja, ich weiß nicht«, sagte sie, »aber wenn vielleicht ein neues Zaumzeug für Snude drin wäre – oder sogar ein Sattel. Kann ja ruhig gebraucht sein. Weißt du, Snudes Kram hat im Salzwasser ganz schön gelitten. Ich glaube, das kann ich wegschmeißen.«

Bente knuffte die Freundin in die Seite. »Siehste, das ist doch eine Superidee«, sagte sie. »Wünsch dir ruhig neues Lederzeug für Schnute – oder meinetwegen gebrauchtes. Das ist sinnvoll und wird den Pferdebesitzern bestimmt gut gefallen. Besser als Geld jedenfalls oder irgendein Schnickschnack, mit dem du nachher nichts anfangen kannst.«

»Okay, dann sag ich das der Polizei so.« Karlchen nickte entschlossen und wechselte das Thema. »Du, weißt du eigentlich, wo die anderen sind?«, fragte sie. »Ich hab Kiki und Rebecca den ganzen Nachmittag noch nicht gesehen.«

»Rebecca hat Daniel zur Krankengymnastik begleitet«, wusste Bente zu berichten. »Er soll heute eine elastische Bandage angepasst bekommen. Mit der kann er dann wieder reiten.«

»Wow!«, entfuhr es Karlchen. »Das ist ja stark! Dann wird Daniel ja bald wieder mit seinem Schimmel durchs Gelände preschen und die nächste Military ins Visier nehmen.«

Bente verzog das Gesicht. »Du, ich glaube, da hat Rebecca ein Wörtchen mitzureden. Ich kann mir nicht vorstellen, dass ihr süßer Daniel schon so bald eine schwere Geländeprüfung mitreiten wird. Dafür war der Unfall mit seinen Folgen zu heftig.«

»Hm, da hast du Recht«, erwiderte Karlchen. »Trotzdem: Es sollte Daniels Entscheidung sein, oder? Ich finde, Rebecca sollte sich da zurückhalten. In ihre Angelegenheiten mischt sich schließlich auch keiner ein.«

»Ja, stimmt.« Bente stand auf und wischte sich das Gras von der Jeans. Sie hielt Karlchen die Hand hin und zog sie hoch. »Los, wir gehen mal zu den Ponys. Oder hast du keine Sehnsucht nach Schnute?«

Mit einem Satz war die kleine Dänin auf den Füßen. »Doch, und wie!«, rief sie und rannte schon voraus.

Auf dem Weg zu den Ponykoppeln erzählte Bente Karolin, dass Kiki sich mit Patrick im Musiksaal verschanzt hatte.

»Patrick hat doch diesen Freund in Hamburg«, sagte Bente, »der in dem großen Tonstudio arbeitet. Patrick will heute ein Demo-Band mit Kiki aufnehmen und nach Hamburg schicken. Wenn es dem Boss vom Tonstudio gefällt, will er eine CD mit Kiki machen! Ist das nicht der Hammer?«

Karlchen blieb stehen. »Eine CD?«, fragte sie. »Die man dann so richtig im Laden kaufen kann?«

»Natürlich«, erwiderte Bente. »Immerhin ist unsere Kiki ein echtes Musik-Genie. Da wird es doch langsam Zeit, dass sie berühmt wird, findest du nicht?«

Karlchen nickte. Es stimmte, Kiki van der Slooten war eine begnadete Geigenvirtuosin. Mit ihrem Talent hatte sie schon viele Preise bei den Wettbewerben von »Jugend musiziert« gewonnen und sie gehörte zum Jugendorchester des »Schleswig-Holstein-Musik-Festivals«, das jedes Jahr im Sommer stattfand. Aber eine CD? Mit Kikis Musik? Mit ihrem Bild auf dem Cover? Karlchen schüttelte sich. »Das wäre nichts für mich«, sagte sie ernst. »Stell dir mal vor, sie wird echt berühmt. Die vielen hysterischen Fans, die Fotografen, die Reporter. Nee, danke.«

Bente lachte. »Na, ganz so weit ist es ja noch nicht«, meinte sie. »Aber so eine erste CD ist schon eine Riesenchance, finde ich. Ich drücke ihr jedenfalls die Daumen. Und ich finde es toll, dass Patrick sie so unterstützt. Ist schon witzig, dass sich ein Pferdepfleger für klassische Musik interessiert.«

»Hey, lass das nicht Patrick hören. Immerhin ist er auszubildender Pferdewirt. Wenn er mit seiner Ausbildung fertig ist, will er seinen Pferdewirtschaftsmeister machen und die Nachfolge unseres Stallmeisters Maximilian Much antreten. Dann ist er Gestütsleiter!« Karlchen stellte sich auf die Zehenspitzen und suchte die bunte Ponyherde nach ihrem markanten Fjordpferd ab. »Snude!«, rief sie. »Komm, Dickie!« In der Herde hoben sich ein paar Köpfe, ein Pony wieherte. Dann löste sich ein stämmiger Falbe von den anderen und kam an den Zaun getrabt.

»Klasse, eine weltberühmte Geigensolistin und ein Gestütsmeister.« Bente kicherte. »Ich seh's direkt vor mir: Kiki steht im Abendkleid auf dem Balkon des Schlosses und fiedelt verträumt vor sich hin, während Patrick die berühmte Rosenberger Holsteinerzucht zu Ruhm und Ehre führt. Und wir können später unseren Enkeln erzählen, dass wir die beiden persönlich gekannt haben!«

Karlchen und Bente schlüpften durch den Zaun und kraulten Schnute. Die anderen Ponys kamen nun ebenfalls neugierig heran und drängten sich um die Mädchen. Jedes von ihnen bekam ein paar liebevolle Worte und gerecht verteilte Streicheleinheiten.

»Schade, dass ich so groß und schwer bin«, sagte Bente, während sie Patricks Isländer Snorri durch den dicken Stirnschopf fuhr. »So ein Pony könnte mir auch gefallen. Irgendwie sind die so knuffig.«

»Ja, ich weiß, was du meinst«, Karlchen lächelte. »Die sind schon etwas ganz Besonderes, die Kleinen. Und so ein Isländer wie Snorri würde dich sogar mühelos tragen. Das ist nun echt kein Kinderpony, im Gegenteil.«

»Ach, war doch nicht ernst gemeint«, wehrte Bente ab. »Ich liebe meine Flippi über alles. Um nichts in der Welt würde ich sie gegen ein anderes Pferd – oder Pony – eintauschen!«

»Weiß ich doch«, gab Karlchen grinsend zurück. »Und weil das so ist, gehen wir jetzt zu deiner Süßen. Am Ende denkt sie noch, du hast sie nicht mehr lieb.«

»Ausritt!«, rief Kiki schon von weitem. »Wir machen einen Ausritt!« Arm in Arm kam sie mit Patrick auf den Stutenstall zugeschlendert.

Bente und Karolin drehten sich um. Sie hatten Bentes kleine Stute mit Leckerbissen verwöhnt und wollten sich gerade auf den Rückweg zum Schloss machen. »Jetzt? Einfach so, außer der Reihe?« Bente konnte ihr Glück kaum fassen.

»Und was ist mit der Ponyabteilung?«, erkundigte sich Karlchen aufgeregt. »Reitet die auch mit?«

»Alle reiten mit«, antwortete Patrick. »Das haben Frau Dr.

Paulus und Herr von Hohensee soeben beschlossen. In einer Stunde soll es losgehen. Also, macht euch auf die Socken.«

»Oh nein«, jammerte Bente, »Rebecca und Daniel sind noch nicht zurück. So ein Pech.«

In diesem Moment fuhr der rote Golf eines Lehrers vor und hielt an. Rebecca und Daniel kletterten heraus und bedankten sich bei dem Fahrer fürs Mitnehmen.

»Was für ein Glück«, sagte Rebecca statt einer Begrüßung und streckte sich aufatmend, »dass Herr Hartmann einen Termin in der Stadt hatte. Mit dem Bus wären wir erst heute Abend zurück gewesen.«

»Was für ein Glück«, erwiderte Kiki belustigt, »dass ihr genau rechtzeitig kommt. Ausreiten steht auf dem Stundenplan!« Sie warf Daniel einen bedauernden Blick zu. »Ach, du Armer«, sagte sie, »ich hatte ja ganz vergessen …«

»… dass ich nicht mitreiten darf?« Daniel zog die Augenbrauen hoch. »Die Zeiten sind vorbei, liebe Kiki. Ich habe eine Sportbandage bekommen. Ab heute darf ich wieder reiten!«

Unbeschreiblicher Jubel brach los. Die Freundinnen und Patrick umringten den blonden Jungen und gratulierten ihm.

»Mensch, super, Dani«, freute sich Patrick. »Genau im richtigen Moment!«

»Tja, perfektes Timing. Das liegt uns Military-Reitern im Blut.« Daniel grinste über beide Ohren. »Die bescheuerten Krücken hab ich gleich bei der Krankengymnastin gelassen. Die brauche ich jetzt nicht mehr«, erklärte er selbstbewusst.

»Ich war zwar dafür, dass er sie zur Sicherheit noch behält«, murrte Rebecca, »aber gegen diesen Dickschädel habe ich nicht die geringste Chance.« Sie gab ihrem Freund einen Kuss und seufzte theatralisch. Die anderen lachten.

»Eigentlich wollte ich heute noch einmal mein Glück im Tölt versuchen«, sagte Kiki bedauernd, »aber na ja, verschieben wir es eben auf morgen.«

Patrick drückte seine Freundin an sich. »Ach, nun tu doch nicht so, als würde dir das Leid tun«, sagte er. »Du bist doch über jede Ausrede froh, die dich davor bewahrt, unter meinen strengen Augen auf Snorri sitzen zu müssen.«

Bevor Kiki ihm einen herzhaften Tritt gegen das Schienbein geben konnte, machte der Junge einen Satz zur Seite. »Hilfe! Eine durchgeknallte Geigerin! Rettet mich!«

Karolin kam ihm zur Hilfe. »Los, Alter«, sie packte ihn am Ärmel seines Pullis, »lass uns die Ponys satteln, bevor es Verletzte gibt. Mit so einer heißblütigen Diva ist nicht zu spaßen.« Sie zog Patricks Ärmel in die Länge und mit großen Schritten, immer noch lachend, liefen sie zu ihren Ponys.

Rebecca, Kiki und Bente verschwanden im Stall, während Daniel zu seinem Hengst Mystery ging, der mit den anderen Hengsten im separaten Stall stand.

Nachdem sie ihre Ponys und Pferde geputzt und gestriegelt hatten, gingen die Mädchen zurück ins Schloss, um sich umzuziehen. Im Flur trafen sie auf Frau Dr. Paulus. Karlchen blieb stehen. Sie lächelte und sagte: »Hallo, Frau Dr. Paulus.«

»Es geht auf einen Ausritt, Karolin?«, erkundigte sich Frau Dr. Paulus freundlich. Karlchen nickte. »Dann wünsche ich dir viel Vergnügen.« Die Schulleiterin drehte sich um und ging in ihr Büro.

»Mann, was hast du denn mit der gemacht?«, fragte Bente verwundert. »Seit wann ist die so nett zu dir?«

»Ach, lass mal gut sein.« Karolin winkte ab und stieg die Stufen empor. »Die Pauli ist schon in Ordnung!«

Pünktlich zur vereinbarten Zeit versammelten sich die jungen Reiterinnen und Reiter auf dem von alten Laubbäumen umstandenen Vorplatz des Schlosses. Es war eine große Abteilung, die sich dort eingefunden hatte und mit erwartungsvollen Gesichtern in den Sätteln ihrer Pferde und Ponys saß.

Herr von Hohensee, Merle Sander und Patrick wollten die Gruppe anführen und aufpassen, dass niemand »aus der Reihe tanzte«, wie der Reitlehrer schmunzelnd erklärte.

»Teilt euch auf!«, rief er seinen Schülerinnen und Schülern mit kräftiger Stimme zu. »Immer zu zweit nebeneinander. Kein Gedränge, kein Geschubse, wenn ich bitten darf!«

»Müssen die Ponyreiter für sich reiten?«, krähte eine Fünftklässlerin, die schon etwas zu groß schien für ihr geschecktes Shetlandpony. »Oder dürfen wir bei den Großen mitreiten?«

»Wenn dein Floh mit uns mithalten kann«, rief Daniel zurück, »kannst du's ja mal versuchen!«

Alle lachten. Die kleine Ponyreiterin zog eine Schnute und streichelte ihrem Schecken liebevoll den kräftigen Hals.

»Hey, war nicht so gemeint«, lenkte Daniel ein. Er saß auf seinem Rappschimmel Mystery. Man konnte dem Jungen ansehen, wie stolz und glücklich er war, wieder im Sattel sitzen zu dürfen. Unter ihm trat Mystery unruhig von einem Huf auf den anderen. Der prächtige Trakehnerhengst hob den edlen Kopf und wieherte schmetternd.

»Ihr könnt euch aufteilen, wie ihr möchtet.« Hartwig von Hohensee parierte seinen großrahmigen Jolly Jumper durch. Auch der Fuchs wollte nicht länger still stehen und drängte nervös vorwärts. »Aber passt auf, dass es keinen Ärger gibt. Achtet darauf, welche Pferde und Ponys sich vertragen und nebeneinander laufen können.«

Es entstand eine leichte Unruhe, bis sich die Abteilung formiert hatte, ein Pony quiekte, ein Großpferd keilte aus, aber schließlich hatte jeder seinen Platz gefunden und der Reitlehrer gab das Zeichen zum Aufbruch.

Karolin und Bente ritten Seite an Seite. Schnute und Flippi mochten sich trotz des Größenunterschiedes sehr. Hinter ihnen folgten Rebecca auf ihrer tintenschwarzen Stute Karfunkel und Daniel auf Mystery und dahinter schließlich Kiki mit Torphy und Patrick auf seinem Isländer Snorri.

Es war ein schönes buntes Bild, als die Reiterinnen und Reiter im Sonnenschein des Sommernachmittags den Schlossplatz verließen. Im versammelten Schritt ging es durch das alte Torhaus und über eine steinerne Brücke, bis die Abteilung in einen breiten Feldweg einbog, weit ab von der Landstraße, auf der zu dieser Tageszeit der Verkehr brummte. Der Himmel war strahlend blau und es war angenehm warm. Das perfekte Wetter für einen herrlichen und unvergesslichen Ausritt!

Rebecca strahlte Daniel von der Seite an. »Ich muss zugeben, dass du mir im Sattel besser gefällst als mit Krücken«, sagte sie lächelnd.

Daniel erwiderte ihr Lächeln. Er klopfte Mystery den Hals. Der Hengst ging seitwärts und warf die Hufe auf wie ein Pferd der Spanischen Hofreitschule. Daniel hatte Mühe, den Trakehner an die Hilfen zu bekommen. »Na, und ich mir erst«, sagte Daniel. Er nahm Mysterys Zügel in eine Hand und griff mit der anderen nach Rebeccas. »Ich bin unheimlich glücklich. Jetzt können wir wieder nach vorne blicken.«

Rebecca zögerte. »Ja«, sagte sie leise, »ich bin auch glücklich. Aber ein bisschen Angst hab ich schon.«

»Angst?« Daniel zog die Stirn kraus. »Wovor denn?«
Rebecca sah ihm in die blauen Augen und erwiderte: »Davor, dass alles wieder von vorne anfängt. Dass du wieder trainierst wie ein Besessener und Kopf und Kragen riskierst, nur um bei einer Military zu starten.«

»Ich verspreche dir, dass ich nicht Kopf und Kragen riskieren werde, Rebecca.« Daniel drückte ihre Hand. »Natürlich werde ich das Training wieder aufnehmen«, schränkte er ein. »Du weißt, dass es mein Lebenstraum ist, eine Geländeprüfung zu reiten – und zu gewinnen. Aber ich werde auf mich aufpassen. Versprochen, Rebecca. Mir ist in den vergangenen Wochen nämlich etwas klar geworden ...«

»Was denn?«, fragte Rebecca vorsichtig.

»Dass es etwas Wichtigeres gibt als die Military«, antwortete Daniel fest. »Nämlich dich!«

An der Tete gab Herr von Hohensee das Zeichen zum Galopp. Fast gleichzeitig sprangen Karfunkel und Mystery an. Schulter an Schulter galoppierten die schwarze Stute und der dunkelgraue Hengst den weich gefederten Feldweg entlang und Daniel hielt noch immer Rebeccas Hand fest in seiner, gerade so, als wollte er sie niemals wieder loslassen.

Nachdem die Abteilung durch ein lichtes Kiefernwäldchen geritten war, erreichte sie endlich den breiten Nordseestrand, das Ziel des Ritts. Nun gab es kein Halten mehr. Die Zweierformationen lösten sich auf. Alle Reiterinnen und Reiter gaben ihren Pferden die Zügel hin und ließen sie laufen, galoppieren und über den weißen Sand fliegen. Wasser spritzte auf, als unzählige Hufe den flachen Ufersaum durchpflügten. Der nasse Sand flog nur so in alle Richtungen. Schnute und ein paar andere Ponys buckelten übermütig. Ihre Reiterinnen und Reiter ließen sie gewähren und lachten über die Lebenslust ihrer geliebten Vierbeiner. Nichts war schöner, als so über den menschenleeren Strand zu jagen, mit dem Wind und den Wellen um die Wette.

Schon bald waren die ersten gehörig aus der Puste und parierten zum gemäßigten Trab durch. Karolin und Bente strahlten sich an. Ihre Wangen waren gerötet, ihre Augen leuchteten.

»Mensch, ist das schön«, sagte Bente. Sie lobte Flippi und strich der schmalen Stute zärtlich über den Hals. Karlchen nickte nur. Sie war so glücklich, dass sie einfach nichts sagen konnte. Unter ihr Schnute, über ihr der weite Himmel und um sie herum ihre Freundinnen und Freunde – Karlchen hätte heulen können vor Glück. Und vor Erleichterung. Sie blickte aufs Meer und betrachtete nachdenklich die grauen Nordseewellen, die träge an den flachen Strand schwappten. Sie konnte kaum begreifen, was in den letzten Tagen geschehen war. Vor kurzem hatten sie und Schnute Angst um ihr Leben gehabt, hier, genau an dieser Stelle. Und jetzt schien die Sonne und sie fühlte sich frei wie ein Vogel.

»Wahnsinn«, sagte sie laut. Als sie Bentes fragenden Blick bemerkte, versuchte sie zu erklären: »Stell dir nur vor, Snude und ich hätten es nicht geschafft! Um ein Haar wären wir ertrunken! Auf Nimmerwiedersehen von der Nordsee gefrühstückt!« Karlchen schluckte. »Und dann die Sache mit diesen Verbrechern. Was hätte da nicht alles passieren können! Mensch, Bente, ich glaube, ich hatte wirklich mehr Glück als Verstand!«

»Das glaube ich allerdings auch, Karlchen«, sagte die Freundin ernst. »Aber weißt du was?« Ihr Gesicht erhellte sich. »Wir sollten versuchen, die Geschichte zu vergessen. Für den Moment jedenfalls. Es ist heute viel zu schön, um sich den Kopf schwer zu machen, findest du nicht? Und außerdem«, fügte sie hinzu, »ist alles gut gegangen. Mensch, Karlchen, den letzten Rest kriegen wir auch noch hin. Mach dir keine Sorgen: Rebecca hat einen Plan aufgestellt, mit dem nichts schief gehen kann. Und die Pauli hat ihr Okay gegeben, dass wir deine Nachhilfe übernehmen dürfen. Du schaffst das Schuljahr, so wahr ich Bente Brandstätter heiße. Wäre ja wohl noch schöner.« Sie legte die Schenkel an und ließ Flippi galoppieren. Schnute folgte der Holsteinerin mit fröhlichen Bucklern.

Nach einer halben Stunde machte Herr von Hohensee kehrt. Jolly Jumpers goldbraunes Fell glänzte dunkel vom Schweiß, von der breiten Brust des Pferdes tropften weiße Schaumflocken.

»Was haltet ihr davon, wenn wir bei Angelo einkehren?«, fragte der Reitlehrer in die Runde. »Ich spendiere allen eine Riesenportion Eis! Vorausgesetzt«, er schmunzelte breit, »der liebe Angelo hat genügend auf Vorrat ...«

Die Mädchen und Jungen jubelten und schrien begeistert durcheinander. Der Italiener Angelo war der Besitzer eines gemütlichen kleinen Eissalons im Ort. Natürlich gehörten die Internatsschüler zu seinen besten Kunden.

»Haben sie auch genug Geld dabei, Herr von Hohensee?«, fragte das Mädchen mit dem Shetlandpony. »Ich glaube, das wird ganz schön teuer!«

Der Reitlehrer lachte laut. »Mach dir keine Sorgen, Melanie. Es wird schon reichen.« Er saß ab und streifte Jolly Jumper die Zügel über den Kopf. »Abteilung abgesessen!«, ordnete er an. »Wenn wir hoch zu Ross durchs Dorf reiten und vor der Eisdiele aufmarschieren, bekommt der arme Angelo einen Herzinfarkt vor Schreck! Also, geordnet und sittsam wenn ich bitten darf, Leute. Und keine Pferdeäpfel auf der Straße, verstanden?«

»Na, wie soll das denn gehen?«, fragte ein rothaariger Junge. Er stand neben einem bildhübschen Ostfriesen. »Wenn Blacky äppeln muss, dann muss er äppeln. Ich kann den Mist doch schlecht mit der Reitkappe auffangen, oder?«

»Tja, da hast du wohl Recht. Na, wir werden sehen.« Herr von Hohensee führte Jolly Jumper vom Strand auf einen breiten, rot gepflasterten Gehweg.

Das laute Getrappel der vielen beschlagenen Hufe erregte natürlich sofort Aufmerksamkeit. Gardinen wurden zur Seite geschoben, Haustüren geöffnet. Als die Prozession endlich »Angelos Eissalon« erreichte, waren Pferde und Reiter von zahlreichen Schaulustigen und Kindern umringt.

»Ich glaube, die Idee war doch nicht so gut«, raunte Herr von Hohensee Patrick zu. »Hier, mein Junge«. Er gab Patrick seine Brieftasche. »Geh schnell rein, hol das Eis – und dann lass uns so schnell wie möglich wieder von hier verschwinden!«

»Geht klar, Boss.« Patrick überreichte seinem Chef grinsend Snorris Zügel und wollte gerade die Ladentür öffnen, als auch schon der Besitzer heraustrat, in gespielter Verzweiflung die Hände rang und augenrollend gen Himmel schaute. »Mamma mia!«, rief der kleine Italiener. »So viele Bambini und so viele Pferdchen! Und sie alle wollen haben Eis von Angelo!« Er wischte sich die Hände an seiner karierten Schürze ab und blickte in die Runde. »Alora, Damen und Herren! Wie viele Portionen, bitte sehr?«

»Ich glaube, unser Angelo kann für heute seine Bude dichtmachen«, mümmelte Kiki, als sie nach einigem Hin und Her endlich ihre Eistüte in der Hand hielt und genüsslich daran schleckte. Torphys Zügel hatte sie locker um den Unterarm geschlungen. »Das war bestimmt das Geschäft seines Lebens.«

»Hmhm.« Karlchen nickte beflissen. Sie war damit beschäftigt, ihre Eisportion kameradschaftlich mit ihrem Norweger zu teilen. »Das Eis für mich«, sagte sie und leckte sich die klebrigen Finger ab, »die Waffel für Snude.«

Der Fjordi stupste sein Frauchen freundlich an und bat um Nachschub. Sachte kratzte er mit einem Vorderhuf auf dem Pflaster und nickte mit dem Kopf.

»Meine Güte, Karolin Karlsson, hat dir eigentlich schon mal einer gesagt, dass du echt unmöglich bist?« Rebecca schüttelte missbilligend den Kopf. »Ein Pferd mit einer Eiswaffel zu füttern.«

»Och, dass ich unmöglich bin, höre ich fast jeden Tag. Das kratzt mich schon lange nicht mehr.« Karlchen umarmte Schnute, gab ihm einen dicken Kuss auf die Nase und schwang sich gekonnt in den Sattel, ohne die Steigbügel zur Hilfe zu nehmen. »So, jetzt aber heim in den Stall, Mädels! Bald gibt's Abendbrot. Ich glaube, ich könnte heute glatt eine doppelte Portion Haferflocken vertragen.«

Es wurde ein ausgesprochen fröhlicher Ritt durch den Rosenberger Forst zurück zum Schloss. Der Wald, der zum Internat gehörte, verfügte über herrliche Reitwege. Alle, Pferde und Reiter, waren müde und restlos zufrieden.

»Hey, mir fällt da gerade was ein.« Karlchen ließ die Zügel

sinken und tippte sich an die Stirn. »Was machen wir mit unserer schönen Petition? Ihr habt euch solche Mühe damit gegeben.«

»Die kannst du dir schick einrahmen«, erwiderte Bente breit grinsend, »und dann getrost übers Bett hängen.«

»Kommt ja gar nicht in die Tüte«, krähte Kiki von hinten. »Ich werde sie an einem sicheren Ort verwahren. Vielleicht können wir das Ding eines Tages noch brauchen.«

»Stimmt«, schloss sich Rebecca an. »Bei Karolin weiß man nie, was sie als Nächstes anstellt!«

Karlchen warf den Freundinnen einen empörten Blick über die Schulter zu. Doch dann lachte sie. »Heja, Snude!«, rief sie. »Galopp!«

Auf ihrem geliebten kleinen Pferd jagte sie ungestüm davon, glücklich und unendlich frei.

Beim Abendessen im Speisesaal des Schlosses erschien die Küchenchefin, Frau Wuttig, am Tisch der Freundinnen und stellte eine große Schüssel mit gezuckerten Haferflocken direkt vor Karlchens Nase. Oben auf dem Haferflockenberg prangte eine prächtige Erdbeere. Sie sah aus, als hätte die Küchenchefin sie in mühevoller Weise eigenhändig poliert.

»Ich finde das ja so schön von dir, Karolin«, Frau Wuttig wischte sich mit einem Zipfel ihrer unvermeidlichen, wild geblümten Schürze eine imaginäre Träne aus dem Augenwinkel, »dass du diese armen Tiere gerettet hast! Meine Güte«, seufzte die rundliche Frau, »wenn ich mir vorstelle …«

»… dass wir die Ponys zum Abendbrot gegessen hätten?« Bente biss herzhaft in ein Wurstbrot. »Tja, Frau Wuttig, das hätte durchaus passieren können.«

»Stimmt«, sagte Rebecca. »Heutzutage kann man nicht mit letzter Bestimmtheit wissen, welche Zutaten in der Lebensmittelzubereitung verwendet werden. Es ist mitnichten auszuschließen, dass sich in deinem Brotbelag ebenfalls Spuren hippologischer Fleischfasern befinden, Bente-Liebes.« Rebecca deutete mit ausgestrecktem Zeigefinger auf das dick belegte Brot der Freundin.

Bente starrte entsetzt auf ihren Teller. »Was?«, fragte sie heiser. »Willst du damit etwa andeuten, dass ich … Pferdewurst esse?!«

Kiki unterdrückte ein Kichern und schob Bente den Käseteller hin.

»Ich werde Vegetarierin«, stöhnte Bente. »Ich werde nie wieder Wurst essen.«

»Na, bei mir gibt es keine Pferdewurst!«, protestierte Frau Wuttig. »Ich weiß genau, wo das Fleisch für meine Küche herkommt.«

»Dann ist es ja gut«, sagte Bente, »aber trotzdem, irgendwie ist mir der Appetit vergangen.«

»Vielen Dank für die leckeren Flocken, Frau Wuttig«, mischte sich Karlchen ein. Sie pickte die Erdbeere mit einer Gabel auf und ließ sie sich auf der Zunge zergehen. »Aber womit hab ich das verdient?«

»Hab ich doch schon gesagt, Karolin.« Frau Wuttig wandte sich zum Gehen. »Wer so gut auf arme Tiere aufpasst wie du, verdient eine Belohnung.« Sie drehte sich um und ging in Richtung Küche. »Wenn du noch mehr möchtest«, rief sie zurück, »sag ruhig Bescheid! Ich bring dir gerne noch eine Portion!«

»Aber bitte mit Sahne!« Karlchen grinste wie ein Honigkuchenpferd und rieb sich den Bauch. »Scheint, als hätte ich eine neue Freundin gefunden, was?«

»Es kann nicht schaden, wenn man die Herrin der Küche auf seiner Seite hat«, meinte Bente, die gewissenhaft die Wurst von ihrem Brot kratzte und stattdessen Käse drauflegte. »Aber wo sie Recht hat, hat sie Recht. Du hast dir echt jede Menge Anerkennung verdient, Karlchen, hab ich dir ja schon gesagt. Ich schreibe morgen übrigens einen Artikel über deinen Alleingang für den Rosenberg-Boten. Darf ich dich interviewen? Vielleicht kann ich auch noch was für die Tierschutzzeitung schreiben.« Sie kratzte sich nachdenklich am Kopf. Bente war Redakteurin des Rosenberg-Boten, der Schülerzeitung des Schloss-Internats. Außerdem war sie engagierte Tierschützerin und Mitglied der Tierschutzjugend.

»Ja«, sagte sie jetzt entschlossen zu sich selbst, »das werde ich tun. Karlchen, du kriegst einen Riesenartikel!«

»Super Idee!«, rief Kiki. »Ich mache ein paar Fotos von Karlchen und Schnute! Fotos müssen unbedingt sein!«

»Hey, Momentchen.« Karlchen leckte die letzten Haferflocken aus der Schüssel. »Werde ich eigentlich auch mal gefragt? Interview, Presse, Fotos, ... ihr habt sie doch nicht mehr alle!«

»Mensch, Karlchen, du bist eine Heldin! Hast du das denn noch nicht kapiert?«, fragte Rebecca. »Damit musst du jetzt leben, Süße. Wer Gutes tut ...«

»Hey, hast du nicht so eine supertolle Digitalkamera zum Geburtstag bekommen, Rebecca?«, fragte Kiki dazwischen. »Damit kann man bestimmt richtig professionelle Fotos machen. Kannst du sie mir leihen?«

»Sicher«, erwiderte Rebecca, »kein Problem. Wollte Patrick

nicht auch noch ein paar Aufnahmen von dir machen? Für die CD? Mit Geige und Abendkleid?«

Kiki nickte. »Ja, wir wollen die Bilder zusammen mit dem Demo-Band nach Hamburg ins Tonstudio schicken. Für die Produzenten, ihr versteht?«

»Wahnsinn, zwei Promis an meinem Tisch.« Bente verdrehte die Augen. »Und ich bin live dabei!«

Karlchen hatte dem Wortwechsel aufmerksam zugehört. Jetzt stellte sie bewusst langsam ihre leere Haferflockenschüssel auf das Tablett und musterte die Freundinnen der Reihe nach.

»Ich bin keine Heldin«, sagte sie und lächelte. »Ich hab's schon mal gesagt und ich wiederhole es gern: Ich würde jederzeit wieder so handeln.« Sie stand bedächtig auf und gähnte herzhaft. »Von mir aus macht eure Fotos und Interviews und den ganzen Schnickschnack«, sagte sie, »aber wisst ihr, was ich jetzt mache?«

Erwartungsvoll starrten die drei Mädchen die kleine Dänin an.

»Ich gehe jetzt erst mal ins Bett.« Karlchen hielt sich die Hand vor den Mund und gähnte noch einmal. »Sonst schlafe ich nämlich im Stehen ein, hundemüde wie ich bin.« Sie schob ihren Stuhl unter den Tisch und winkte den Freundinnen zu. »Ach, übrigens, noch etwas, Mädels …«, sie drehte sich um und grinste breit. »Morgen ist ein neuer Tag. Wollen doch mal sehen, was der alles so bringt!« Sie machte eine Pause und lachte. »Ihr wisst doch: Wo Pferde sind, ist Karlchen. Und wo Karlchen ist …«

»… ist immer was los!«, vollendeten die Freundinnen den Satz und fielen in das fröhliche Lachen ein.

Leseprobe – Pferde-Internat Rosenberg, Band 3

Halloween im Schloss

Bente war tatsächlich tief und fest eingeschlafen. Als Karlchen sie rüttelte und ihr »Aufwachen, es ist so weit!« ins Ohr flüsterte, knurrte sie unwillig und drehte sich auf die andere Seite. Aber dann war sie schlagartig hellwach. Sie guckte sich im dunklen Zimmer um und stellte fest, dass ein dicker, runder Vollmond seine hellen Strahlen durch das halb geöffnete Fenster schickte und alles in ein unwirkliches, fast bläuliches Licht tauchte. Karlchen trug schon ihre schwarze Kleidung und hüpfte von einem Fuß auf den anderen.

»Junge, ist das spannend«, jubelte sie leise. »Das ist das Tollste seit meinem Ausflug mit Snude, echt wahr.«

Bente stöhnte über die ungebremste Abenteuerlust der Freundin und schälte sich umständlich aus dem Bett. Mit klopfendem Herzen stieg sie in ihre dunkle Jeans und schlüpfte dann in einen dicken, schwarzen Rolli. Schwarze Reitstiefeletten machten das Outfit der Mädchen perfekt.

»Ich bin soweit«, flüsterte Bente. »Hast du die Taschenlampe?« Karlchen nickte, was Bente in der Dunkelheit mehr erahnte als sah, und schlüpfte schon aus der Tür. Im Korridor brannte nur das schwache Nachtlicht über den Teppichleisten.

Wie Gespenster huschten die Mädchen dicht hintereinander den Flur entlang und zielstrebig die Treppe hinunter, sorgsam jedes Geräusch vermeidend. Karlchen führte Bente durch den Speisesaal und die verlassene Küche. Ehe Bente bis

Hundert zählen konnte, standen sie schon draußen vor dem düsteren Schlossportal. Bente staunte.

»Das war ja leicht«, murmelte sie. Karlchen nickte.

»Hab ich doch gesagt«, flüsterte diese zurück. »Los, immer an der Wand lang, dann durch den Torbogen. Komm.«

Bente warf einen Blick zurück, während sie hinter der Freundin herstolperte. Am Himmel ballten sich ein paar schwarze Wolken, die den Mond verdeckten. Es war stockdunkel, aber solange sie in der Nähe des Schlosses waren, wollten sie die Taschenlampe nicht anmachen. Hinter zwei Fenstern im Lehrerflügel brannte noch Licht. Bente vermutete, dass einer der Lehrer noch über Arbeiten brütete oder sich einen fiesen Test ausdachte, mit dem er die Schüler in den nächsten Tagen piesacken wollte. Fast wäre sie über eine Baumwurzel gestolpert, als Karlchen sie am Arm packte und festhielt.

»Was ist denn?«, knurrte Bente Karlchen an. Karlchen stand wie festgewurzelt und hob eine Hand. »Da«, sagte sie tonlos. »Da hinten …«

»Spinnst du, Karlchen?« Bente machte ihren Ärmel los und wollte weiter. Plötzlich fiel ihr der starre Blick der Dänin auf. »Karlchen, was hast du?«, fragte sie beunruhigt. »Sag doch was!«

»Sieh doch«, sagte Karlchen. Sie hielt noch immer den Arm von sich gestreckt und wies in Richtung Wald. »Da, neben den Bäumen.«

Bente folgte Karlchens Blick und erstarrte. »Das gibt's doch nicht«, murmelte sie entsetzt. Am liebsten wäre sie fortgelaufen, aber ihre Beine schienen nicht mehr zu ihr zu gehören. Sie wollte um Hilfe rufen, aber aus ihrer Kehle kam nur ein heiseres Röcheln. »Karlchen«, krächzte sie und krallte sich am Pullover der Freundin fest. »Mensch, Karlchen …«

Ein plötzlich einsetzender, heftiger Windstoß rauschte im Laub der uralten Buchen über den Köpfen der Mädchen. Es wurde kalt. Irgendwo schrie ein Nachtvogel. Und dort hinten, am Waldrand, stand ein Pferd. Auf dem Rücken des Pferds saß ein Mann. Die Wolkendecke riss auf. Im Licht des Vollmonds konnten Karlchen und Bente sehen, dass der Mann eine Art Kutte trug. Eine Mönchskutte mit einer Kapuze, die er tief ins Gesicht gezogen hatte. Der Reiter hob eine Hand, als wollte er den Mädchen zuwinken, dann bäumte sich das Pferd unter ihm auf und galoppierte davon. Bevor eine Wolke den Mond wieder verdunkelte, waren Reiter und Pferd im Wald verschwunden.

»K-knut …«, stotterte Bente atemlos.

»… und sein treues Pferd Taran.« Karlchen zitterte am ganzen Leib. Endlich ließ sie die Hand sinken. »Hilfe! Mensch, Bente, das halt ich nicht aus«, stöhnte sie.

»Ich auch nicht«, erwiderte Bente. Ohne es zu merken, krallte sie sich noch immer an Karlchens Ärmel fest. »Ich will nach Hause, Karlchen. Ich will sofort in mein Bett.« Sie wimmerte fast und zog die Freundin schon mit sich. Ohne sich noch einmal umzudrehen, hasteten Karlchen und Bente zum Schloss zurück.